鈴木智之

死者の土地における文学

大城貞俊と沖縄の記憶

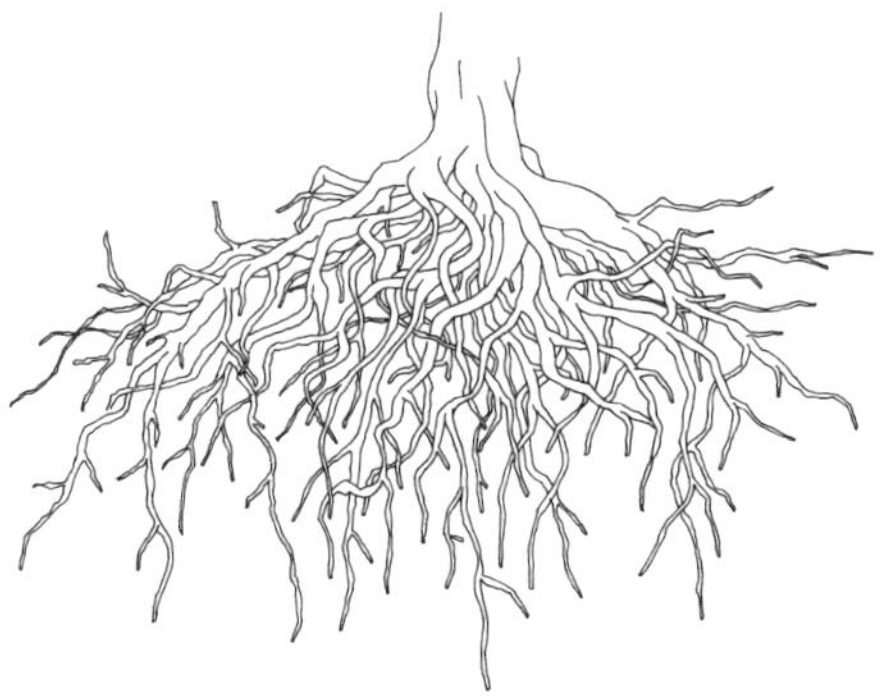

めるくまーる

死者の土地における文学
——大城貞俊と沖縄の記憶

目次

目次

装丁・装画：天野 誠（magic beans）

はじめに

ひとりの文学者の表現の軌跡を、その作品に即してたどり直すこと。その際、表現の形式と作品の主題の相互関係に目を配りながらも、テクストが投げかける問いやメッセージをできる限り正面から受け止め、これに応えること。本書が目指しているのは、文学作品との、この素朴と言えば素朴な対話の行程を書き記すことにある。

その表現者の名は、大城貞俊。一九四九年、沖縄本島北部の大宜味村に生まれる。一九七三年、琉球大学法文学部・国語国文学科を卒業。その後、沖縄県内の高校や大学で教鞭をとりながら、詩や小説、さらには戯曲、詩評などの領域で筆を執り続けてきた作家である。

その作品リスト（巻末参照）が示すように、大城貞俊は現在、沖縄県内において最も精力的に作品を発表している書き手のひとりである。しかしこれまで、大城貞俊の文学について多くの論考が重ねられてきたわけではない。少なくとも沖縄ではよく知られ、広く読まれている作家でありながら、一部の文芸時評的な言及を除けば、批評や研究の対象には据えられてこなかった、と言ってよいだろう。その理由の一端はおそらく、大城文学の作風にある。分かりやすく明快な文章。登場人物の心情を率直に語りながら筋を展開させていくような作品構成。物語性の高さ。主題の大衆性。読み手を選ぶことのない、テクストの接しやすさと読みやすさ。こうした性格は、大城の作品の多くをどこか「中間小説」的なものとして位置づけさせてきたように見える。また、大城は『椎の川』（一九九二年）で具志川市文学賞を、戯曲「山のサバニ～ヤンバル・パルチザン伝」（一九九七年）で沖縄市戯曲大賞を、『アトムたちの空』（二〇〇五年）で「文の京文芸賞」を、また詩集『或いは取るに足りない小さな物語』（二〇〇四年）で「山之口貘賞」を受賞しているが、これまでのところ、「芥川賞」や「直木賞」のような「中央文壇」（日本文学の場）において大きな注目を集める「正統化」の回路には乗っていない。他方、「沖縄文学」に期待されがちな政治的ラディカリティも、「日本文学」の秩序を転覆させるような前衛的先鋭性も、大城文学の個性からはかけ離れたものとしてある。大城の作品（特に小説や戯曲）はとても読みやすいものであるが、いざこれについて何かを語ろうとする時には、思いのほか「言説の場」を見いだすことが難しいのである。

しかし、ではなぜあえてこの作家を取り上げ、その作品について多少なりとも系統的な読解をほどこそうとしているのか。それは、ひとりの人間が文学という表現の形を選び取り、これを深めていく道筋を、その生活史的状況、さらには生活を取り巻く地域の社会的状況の中で跡づけてみたいという思いを、その作品が強く呼び起こすからにほかならない。こうした関心はもちろん、読み手の側にある種の近接性の感覚がなければ生まれないものである。のちに見るように、大城の作品はしばしば、死者たちとのつながりの中で生の可能性を追求しており、それが今現在の私（鈴木）を強く惹きつける要因になっている。しかし、その主題に対する向き合い方においては、決して近しいものを感じているわけではない。むしろ、随所において、とても自分にはこのような形でこの主題を追い求めることはできない、表現の形を追求することはできないと思わせる。だからこそ、その表現を可能にしている条件を問い、その足跡をたどることに意味があると感じられるのである。

例えば、自分が生まれ落ち、育ち上がってきた土地とのつながり。そして、これと深く結びつく形で、自分よりも先に生きて、死んでいった者たちとの関係の取り方。自分が生活を営んでいる場所に根ざす記憶との向き合い方。こうした一連の要素は、ひとりの表現者が言葉を発する上での基本条件を作り上げるように思われる。そして、おそらく大城にとっては、ごく自然な成り行きの中で、この土地に生きている者たちや死んでいった者たちとの関わり方が選び取られて行き、結果として彼は「沖縄の記憶」を語る小説家になろうとしている。そのような「物語の条件」は、(仮にやろうとしたとしても)私には準備されていないものであるし、私が生活している場所では容易に成り立ちがたいものであるように思える。その落差を考えてみたいという思いは、ひとつの動機づけとしてある。

その点において、「沖縄」という場所、文学的表現の条件としての「沖縄」に対する関心が、大城貞俊を読み解くということでの試みの前提にある。大城は、『G米軍野戦病院跡辺り』(二〇〇八年)の「あとがき」において、「沖縄の地で生まれ、沖縄の地で育ったことを、表現者としては僥倖のように思っている」(二四八―二四九頁)と記している。どのような表現者も、自分が生まれ落ち、育ち上がり、生活を営んでいる場所や時代の制約を免れえないものであり、これを何らかの形で引き受ける(拒絶するという可能性も含めて)ところからしか、固有の文学・芸術は生まれないものであろう。しかし、その土地に生まれ育ったことを「表現者」として「僥倖」だと言い切れるのは、やはり例外的な事態なのではないだろうか。大城貞俊は、特に「小説」というジャンルに表現の場を移して以降、「沖縄」に生きているということをことさらに意識し、その条件を受け止めながら作品を著そうとしている。ただしそれは、決して沖縄を代表する知識人としてふるまうというような姿勢ではない。むしろ、自分自身の個人的な実感を手放すことなく、自分の置かれている生活世界を題材にして物語を語ろうとすると、おのずから「沖縄」に出会ってしまう。そのような成り行きの中で、大城は「沖縄を語る作家」になっていったように見えるのである。そして、死者との密接なつながりを描くという主題もまた、自らの周囲に暮らす人々の生を描こうとする時、ごく自然に浮かび上がってきたものであるように思われる。

死との親密なつながりの中に生があるということ。それは一面において、沖縄社会が培ってきた、そしてその生活を支えてきた文化に根ざすものでもある。萩野敦子が大城の作品集『島影慶良間や見いゆしが』（二〇一三年）の「解説」に記したように、「沖縄」という地では「『あの世』は『この世』に連続しているという死生観・世界観（…）は、現在でもあたりまえのこととして先祖を供養する行事などに継承されている」（二八三頁）。死者を遠く隔たったどこかに去った者としてではなく、自分たちの生活している場所につながる身近な場所に感じ、これとつきあいながら生きていこうとする心性は、この土地においては確かに今も強く息づいている。しかし、それを単純に文化的個性の問題として理解してしまうわけにはいかない。生活世界に死者の存在が色濃くあるのは、沖縄社会が強いられてきた過酷な歴史の反映でもあるからだ。生活空間のいたるところに戦場の記憶が埋め込まれ、時に生々しい痛みとなって露出する。自分自身の生のありようを思えば、おのずから死者の姿を想起せざるをえない。大城貞俊の諸作品は、そのような現実のあり方・生の条件を描き出している。彼は、『島影』の「あとがき」において次のように記している。

沖縄の現在を考えれば考えるほど、死者を忘れないこの土地の特質に出会う。虐《しいた》げられ、苦しめられ、悲しみの極致にいてもなお、他者との関係を模索する優しさを有している。私は私が生まれ育った沖縄の地に、畏敬の念を感じるとともに、大きな魅力を感じている。（『島影』二九〇頁）

沖縄において表現者であるということは、多くの苦難を強いられながら、「死者とのつながり」を忘れず、「他者との関係を模索する」人びとへの「畏敬」の念に支えられるということなのである。だからこそ、生を描くために死者との結びつきを語る。そこに、大城文学の基調がある。

とはいえ、大城貞俊ははじめからこのような境地にあって、表現を目指したわけではない。のちに見るように、大城の文学的な活動は「詩作」という形を取って始まるのであるが、初期の詩篇にはむしろ、死に対して極端に臆病な、そして生に対する強い逡巡を抜け出すことのできない、懐疑的な自意識の働きを見ることができる。今からふり返ってみれば、その文学的足跡は、この青年期の「脆く」「繊細な」自我のありようを少しずつ乗り越えていく過程としてあった、と言うことができそうである。それは、死に対する、そして死者に対する、生者として身構えの転換をともなうものである。そして、この「生と死の結びつき」の変容は明らかに、「詩」から「小説」へ、あるいは「物語」へのジャンルの移行と並行的な形で起こっている。文学的な営みの形が移り変わっていくことと、死に相対する姿勢が更新されていくこと。この二つの過程に、強く内在的なつながりが生じているのである。

以下に試みようと思うのは、この文学的な実践の軌跡と死生観の変容とを、相即的な形で結びつけながらたどり直すことである。第1部では、「詩」から「小説・物語」への移行の過程を、作品の主題に照らしながら記述する。第2部では、二〇〇〇年代後半以降の小説のテクストから、死者とともにある人々の生の様相を読み取っていくことを目指す。そこに浮かび上がる「沖縄」の姿が、この土地の現実を特権的に体現していると主張するつもりはない。しかしここには、沖縄の地に足をつけて歩み続けている、ひとりの人間の生の軌跡が見えてくるはずである。

第1部　大城貞俊の詩と小説

第1章　死者のまなざし・生の疚《やま》しさ
――初期詩篇を読む

　ここでは、大城貞俊の初期の詩作品――個人誌『道化と共犯』（一九七五年）から第三詩集『夢《ゆめ》・夢夢街道《ぼうぼうかいどう》』（一九八九年）、さらにはその集成とも言うべき『大城貞俊詩集』（一九九一年）の頃まで――を主な対象として、その基本的モチーフを再確認することを試みる。現在では主に小説家として執筆活動を続ける大城であるが、文学的歩みの出発点において、彼の実践を支えたのは詩という形式であった。では、その詩的発話は、どのような動機づけの中で生まれたものであったのか。これをいくつかの作品に即して読み進めていくことにしよう。

生き続けている、ということ

　詩人・大城貞俊の最初の作品集『道化と共犯』は、個人誌という形で刊行される。正確に言えば、これは詩集ではない。琉球大学を卒業し教員としての生活を始めた大城が、それまでに書きつけた詩的断片を散りばめながら、自分自身の過去と現在をふり返る、その省察の作業場としてこの個人誌は編まれている。では、その自省の痕跡に、私たちは何を読むことができるだろうか。

綴られているのは、〝状況〟の中で〝世界に対峙する〟ことを求められながら、確かな闘争と関与の姿勢を取ることができなかった自分自身に対する悔悛と敗北感、そこで募ってきた〝死〟への誘惑、そして、まだ〝生き続けている〟ことへの（いささか自嘲的な）反省である。

私は　普通の家庭に育ったと言ってよい。そんな私であればこそ　状況へ対峙する姿勢を他者を殺すこと　優しさを憎むこと　から始めたのであったのだが　世界は　そんな私に容赦はしなかった。私は　敵対すればする程　返り血を浴びることになったのである。（『道化と共犯』一〇頁）

否定されるべきものとしての現実の世界に対して、「私」は「急いで」「対峙する姿勢を構築せねばならなかった」。ここに（おそらくは団塊の世代と呼ばれる多くの若者たちに共有された）ひとつの出発点がある。

私は　必死になって　世界を呪ろう言葉を探索し　培養し　吐きつけ　叩きつけることで蘇生することを意望した。（同一〇頁）

その当時、闘争の季節の中で、彼らには既成の秩序の内に安住することが許されなかったに違いない。だから、「普通の家庭に育った」者であればこそ、外部の敵として現れる社会（体制）

ばかりでなく、自己の内にある既存の世界をもまた解体しなければならなかった。「言葉」は、既成秩序と対決するための鎧《よろい》であると同時に、「世界を」「私の内部で殺して」しまうための剣でもあった。〝世界を一瞬にして凍りつかせる〟とともに〝自己の革新をもたらす〟言葉。政治的であると同時に内省的な闘争の場に投げ込まれた多くの若者たちが夢見た革命的言語。大城もまたそれを求めていたのだろう。

だが、言葉の剣は容易に世界の急所を突くことができず、その強固な結び目を解くだけの力もない。

　息急き切って世界が震撼する言葉を探して投げつけてみても　なんと世界は三蔵法師の手のひらで　孫悟空の悲哀をみせただけであったのである。私が世界を呪ろう座標の上で　世界は私を慈しんでいたのである。探り得るどのような姿勢が　世界のたった一振りの小指の先で描く振幅の範囲に　抱擁されてしまうのであった。ゴム鞠のような軟体動物のような変幻自在な世界の　どうしようもない怪物性を理解した時　同時に私は　私の決定的な敗北を認めたのである。（同一六頁）

世界と対決するために必死にたぐり寄せようとしていた言葉の無力。投げつけられた言葉の剣をいともたやすく受け止めてしまう「世界」の揺るぎなさ。「決定的な敗北」。

だが問題は、その敗北のあとをどう生きるかである。

それからの私は　夢遊病者の様に〈街〉を徘徊したように思う。私は　私の苦悩を　酔うことによって垂直に降下せしめる幻覚のために　泥酔することを覚え　自棄な姿勢の快楽を知り始め　そこへ埋没して行ったように覚えている。私は〈死〉を渇望していたのではなかったろうか。（同一七頁）

括弧つきで〈死〉と記されたものへの渇望が、現実的な自死への決意であったかどうかは定かではない。しかし、〈死〉を念慮すること、あるいはその意志を抱え込むことが、この状況の中で「世界」と渡り合うための数少ない手段であることは理解できる。

私は　遂に世界との相殺による訣別の日を描くことによって　最後の　そして決定的な世界への復讐を思ったのである。（同一八頁）

かくして、死への意志を担保にすることで、ようやく生の世界に踏みとどまる主体がここに形作られる。だが、そのように繫ぎ止められる〝生〟は、決して確かな足場の上に現実と向き合い、他者との生活を築くものではない。言い換えれば、それはまだ〝生活〟と言えるだけの実質を可能にするものではない。危ういバランスの傾き次第では、「私」が「向こう側」へと誘われていた可能性もある。

しかし、大城は生き続けてきた。それは、「一人の女」との遭遇によって可能になったのだと、『道化と共犯』には告白されている。「女と共生するために　まず急いで生活をすることを学ばねばならない」、「女へ共死を強要することができないのであれば　私は自己の意識を埋葬せねばならない」、「とにかくも　彼女が生きている以上　私も生き続けなければならない」と「私」は思う（同三〇頁）。だが、問題はやはりこの先に現れるだろう。自死への思いを封じながら他者に関わる術《すべ》を、「私」はまだ身につけていないからである。

もとより、若き日の大城貞俊には、他者との関わりに対する決定的な忌避感があったように見受けられる。それは、人と交わる中で意図せざるままに〝加害者〟となってしまうことへの不安、彼自身の言葉では「殺人者」となることへの恐れとして浮かび上がるものだった。

例えば、「タイルを磨くのに使用した塩酸の壜」をもって歩く自分がついうっかり転んで、前を行く姉親子にそれを浴びせてしまうことを想像して、立ちすくんでしまう。車に乗れば、飛び出してきた子どもを轢き殺してしまうのではないかと思い、女性と談笑すれば、それを見た別の男が誤解してその女性の運命を変えてしまうのではないかと気にかかる（同六―七頁）。それは、他者に関わることによって不可避的に生じる、偶発的な結果の一切を引き受けることにたじろぐ姿勢である。当然のことだが、それを恐れていては人は誰とも交わることができないし、社会的には何ひとつ成し遂げることができなくなる。

この「たじろぎ」の中で、大城は「沈黙の世界」（同八頁）に逃避する。他者への関与、現実へのコミットメントを避け、読書と内省の世界に引きこもる。「喧騒が渦巻き　革命を志向する季節の中で」、何者でもない自分であり続けようとする。「私は　太陽を見ることさえ　ほとんど忘れていた」（同九頁）と大城は回想する。そのようにして、〝他者の前にあって何者かである〟ことを回避しながら、その先にどのような〝生存〟の形があるのか。そこに、煩悶の源泉があったと言えるだろう。

秩序への違和、生活への懐疑

その後の思索（および詩作）は、生きる術、他者と関わる術を見失った青年が、それでもなお自分の目の前にある現実とのあいだに均衡を保ち続けるための、危うい模索の営みであったように見える。

　闘争的に世界と対峙するのではない。現実の変革に向けて、何かを打ち破るような言葉を投げつけるのでもない。立ち現れ、存続し続ける秩序に対する違和の感覚を起点に、この世界に包摂されない自我の脆弱さを確認し続ける作業。この息苦しげな自省の継続として、詩は書かれる。その足跡を、作品に即して今少したどってみることにしよう。

『大城貞俊詩集』（一九九一年）には、それまでの詩集には収録されなかった幾篇かの詩作品が収められている。その中に、「恋唄」と題された連作を読むことができる[1]。まずは、その冒頭の一節を書き写してみる。

ぼくの恋人はどこにいるか
まずそのことによってぼくの恋唄は成立する
身を屈めて湖を覗くほどにぼくは飢えている
昨日の恋人は当然のように今日はいない
今日の恋人は当然のように明日はいない
家族の寝静まった深夜に
決して恋に陥ることのない
恋人探索ゲームに熱中する　（「恋唄　I」、『大城貞俊詩集』七頁）

『道化と共犯』に記された事情から考えれば、大城にとって、「恋」と名づけうる関係が確かに成り立つかどうかは、生死に関わる大きな問いでもあったはずである。この作品も、具体的な関係を念頭に置いて書かれているのかもしれない。

だが、これは本当に「恋」の唄なのだろうか。むしろそれは、「恋人」の不在、「恋」の成立不可能性を詠っているように見える。そして、そこからさらに翻って、ここでの「恋」とは、〝不在〟のもの、〝未成立〟のもの、〝不可能〟なものの喩えではないかと推量することも許されるように思える。

作品はさらに次のように続く。

ぼくの恋人はどこへいったか
喪失してしまったことによってはじめて
ぼくの恋唄は成立する
恍惚と失意が永遠であった時代

生と性が拮抗していた午前零時
全てを失うべきであったか
もしくは全てを創造すべきであった
「赤鬼の褌を洗う女」の存在さえ忘れるほどに
ぼくは今　生活の中にいる
生と死が拮抗し得なくなったことがぼくの不幸だ

ぼくの恋人はどこにいるか
小心にもぼくはその予感の中でさえ怯えることがある
正直に言おう
ぼくの恋は成就しない
未だぼくは激しく言葉を信じている
だからぼくは淋しく言葉で射精する

ぼくの恋唄はそのことによって成立する　（同八―九頁）

ひき続き、「恋人」は不在のものとされており、「恋は成就しない」のだと宣言されている。そして、「喪失してしまった」からこそ「恋唄は成立する」のだと、詩人は醒めた目でその認識を語っている。そうだとすれば、問われるべきことは、この〝不在〟や〝喪失〟がいかなる事態として主題化されているのかにあるだろう。

この問いを解くための手がかりは、おそらく、「生活」という言葉にある。

「ぼくは今　生活の中にいる」と言う時、詩人はその「生活」を肯定的にとらえてはいない。それは、「生と性が拮抗していた」時間、または「生と死が拮抗し」えていた時間との対照において、「不幸」な現在のありようを指し示している。その「生活」の中では「恋」は成就しないことを彼は知っている。しかし、だからこそ「ぼくは淋しく言葉で射精する」のだ。その「淋しい」営みの中ではじめて「恋唄」は成立する。

この時、「言葉で射精する」とは〝詩を書く〟ことの別称であると見ることに、それほどの無理はないだろう。そうだとすれば、ここからひとつの図式を導き出すことができる。それは、この詩人が「生活」の中にとどまりながら、そこでは成就しえないものにとらわれ、現実においては不在のもの、未成立のものに拘り続けているということ、その〝失われたもの〟に向けて「精を放つ」ことが〝恋唄＝詩的発話〟の成立にほかならないということ、である。

続けて、「恋唄　Ⅲ」を読んでみよう。

ぼくの恋唄は恋人を喪失した時から始まる
自分自身であることの困難さ
他人と生活することの摩滅
理解などということはとうに信じてはいない
倦とましさの中で行為も言葉も交わされる
千分の一の真実
一分の千の誤解
防御することが
僕の恋唄の姿勢である

僕の恋唄は父を演じる時から出発する
現実よりも想像力が僕を救済する
過去よりも未来が僕には懐かしい
娘たちの成長するぶん僕は老い
決意も殺意も凍結する
振り返ると
僕の恋唄は確実に方位を失って回転し始めている

航跡には当然のように重量がない
僕の恋唄は常に憎悪と隣合わせである
敵対するもののために生きることによって
永遠であり確信である
そして何よりも
歌わないことによって恋唄である　（「恋歌　Ⅲ」、同一一一―一一三頁）

示されているのは、「生活」への諦観の言葉である。「僕」は、他者とともにある「生活」を憎んでいるし、その中での自他の相互理解の可能性を疑っている。〝自己〟は演じられた虚構にすぎず、その世界の中で老いていくにつれて、「決意も殺意」も失われようとしている。「恋唄」とは、この現実の中で成就しきれないものへの、言わば〝未練〟であり、だからこそ、この現実への「憎悪と隣合わせ」なのであって、「歌わない」ことによってのみ成立するひとつの逆説なのだと読める。

ここに明瞭な形で現れている〝生活への懐疑と敵意〟。それが、大城貞俊の初期の詩作品――特に第一詩集『秩序への不安』に顕著である――の基調のひとつである。そこには、この世界に迎え入れられていないと信じる青年の姿を見ることができる。詩を書くという行為は、自分自身が投げ込まれている現実世界に対する違和の感覚に始まり、そこに生じている齟齬を増幅させ、現実への批判的な距離を打ち立てようとするものとしてある。生活者として、慣習としがらみにとらわれている自分自身を相対化し、現実を別様のまなざしのもとに読み換える作業。いわば、生活世界の秩序に対する不適応を源として湧き上がる〝異化〟の言葉が詩語となる。その秩序への違和の感覚を、最も明瞭にしているように思える作品のひとつが、「太陽の沈まない日」である。

たとえば、僕等の眠りが
光と闇の変動によって一つの周期を形づくっているのだとすれば
太陽の沈まない日を一日持つことで
この国を怒りで充満させることはできないだろうか
完全に明るい季節の中でこそ
僕等は己の歌を口ずさむべきなのだから
闇の拘束が
生活のリズムを秩序だて
秩序が意識のベクトルを繋縛するのならば
太陽の沈まない日を一日持つことで
僕等は頑固に意志を持続することができる筈である
ああ　歌は昼にこそ！
太陽の沈まない日をたった一日持つことで
僕等は満たされぬ夢を

眠りの中で幾日もみつづけることもなく
いつも覚醒することができるのではないか（「太陽の沈まない日」、『秩序への不安』六三―六四頁）

「生活のリズム」に抗い、「頑固に意志を持続」しながら、「覚醒」し続ける一日を待望するこの若き詩人の自意識は、日々の暮らしの中にある自分自身を容易に受け入れるものではない。詩的言語が創出する批判的距離とともに生きるということは、日が上りまた日が暮れていくことの反復の中で培われるような「秩序」を、「拘束」や「繋縛」と見なすことにもつながる。
そして、この秩序への違和は、それでもなお現実にしがみついて生きている自己（夜になれば眠り、満たされぬ夢にまどろむ生活）に対する憎悪へと、容易に反転するだろう。詩はしばしば自意識の媒体であるが、初期の作品にくり返し現れるこの詩人の自画像は、生活の場にとどまり現実を拒絶しない自分自身についての、アイロニカルな、しばしば自嘲的な描出の反復である。

怯えはいつの時代にも　どんな生活者にもあると呪文を唱え
恐怖に耐えさえすれば
いつでも巷を歩くことができる
苦痛には悲しみの表情だけで事足りるし
時々　自慰に没頭していることを仲間に示してやれば
それで生きていける

喜びに寄生し　淋しさに馴染むことができたら
どのようにも生きることができるのだ　（「すべてが風景と化して」、同一三―一四頁）

わたしは何にでも絶望することができたのかも知れない
わたしは絶望さえすればよかったのだ
そのように生きることが私達の世代の〈風潮〉だったのだ
だから　わたしは人一倍早く　人一倍大きく絶望したのだろう
わたしは自己を空無化する術さえ会得したのだ
それは誰れでもが知っていることだが
ただ口をつぐめばよかったのだから　（「わたし」、同一九頁）

「絶望」とは、既成秩序に対する言葉の無力、あるいは闘争における敗北を前提に語られる言葉であろう。だが、そこに「絶望」するのは、現実に「否《ノン》」をつきつけようとする主体の身構えがあってこそのものであり、それは実存的投企の条件をなす〝気分〟でもあったはずだ。だが詩人は今、その「絶望」までも「世代の〈風潮〉」として相対化しようとしている。「人一倍早く／人一倍大きく絶望した」「わたし」の身構えの真正性を、「わたし」自らが信じていない。この時、「わたし」は、生活（つまりは体制）にしたがうことも、これに対する抵抗（反体制）の姿勢を取ることも、共にどこかいかがわしいポーズであると受け止めている。ここに、〝道化的演技者〟としての自己像が立ち上がる。その自意識は、すでに最初の個人誌の表題に明示されている。他者の前にあって何者かであることがすでに「道化」としてのふるまいなのであり、この仮構を共同化する「共犯」関係の上に社会生活は成立している。このいささか冷笑的な認識は、初期の大城作品に反復されるモチーフのひとつである。

私は一人の生活者たらんと努力した
心の動揺を決して外に出してはならぬよう
見繕うことから私の一日が始まる
鏡に向かいネクタイを結ぶ
天候に左右されてはならない
時間に左右されてはならない
ましてや気分に左右されてはならない
だが　一日の始めにはやはり呪文が必要だ
私は注意深く朝の呪文を唱える　（「呪文」、同三四頁）

何を隠そう　私は革命家
いつの日か　必ずやって来る黄金の瞬間に
似合いの笑顔を見つけるために

ピエロの仕草を鏡で演じる
私は陽気な革命家　（「陽気な革命家」、同三八頁）

かくして、日常の秩序に適応する「私」も、いつの日か訪れるであろう「革命」の時を待つ「私」も、ともに鏡の前で演じられたものとして描き出される。「陽気な革命家」は、「静かに生きるには他人を気づかいすぎ／強く生きるにはおのれが貧しすぎ／意志を貫ぬくには自信がなさすぎる」（同三九頁）存在である。この時、「革命家」という自称に、アイロニカルな響きがともなっていることは言うまでもない。

詩人は一瞬にして世界を瓦解させるような決定的な一言に餓えながら、〝欺瞞〟の継続にほかならない〝現実〟の生活の中に身を堕している。そして、そのことへの自責、あるいは自嘲が口をつく。〝生活への違和〟、〝現実を前にした戦き〟、〝現実に何者かであることへの不安〟。現実社会の〝秩序〟と、その内部には体現されることのない〝自己の本質〟との、調停しようのない齟齬。これが、詩的発話を駆動させる現実感覚であった。

死者の影

ところで、この〝秩序への違和〟と〝自己への違和〟の前段には、〝死んでいった者〟たちとの関わりが、抜き差しならないものとして影を落としているように見える。『秩序への不安』の中には、死者への語りかけとして書かれた幾篇かの作品を見ることができる。

友よ　此処が僕の死に場所なのだろうか………
君が自死した師走の街に
あの日と同じ様にあわただしさが戻ってきた
（…）
どうしてあんなにも僕達はせつなかったのだろう
狂気のごとき振る舞いで己を凌辱し
敵と味方を選別しては激しく憎悪したあの日々を
生きる悲しさを身につけた人々にさえ憎悪した
あの日々を
僕は何処やり過したのだろう
僕も君のように生きればよかった………　（「彷徨」、同二二一—二二三頁）

たとえば木《こ》の葉はどのように舞ってもよいと思うのだが
だが　なぜ君はあのように舞い散ったのか………
（…）
耐えることが　生きつづけることの一つの原則であると
語ったのは君ではなかったのか

それなのになぜ君は
暗闇の中　風に吹かれて
手製の気球で脱出を企ったのか
僕等は生きる地平で自由を望んではならなかったのだ………（「夢の漂流者」、同三一―三三頁）

少女O子よ
なぜお前は急いではならなかった死を手にしたのだ………
（…）
少女O子よ　お前を愛した一人の男は
お前を絞殺したのち
確実に死を選んだ
優しくお前を覆いながら朝の露を断ったのだ
だが　愛は死に触れた時に美しく開花するのか
それとも窒息するのか
私にはわからぬ
死は　いつも取り残された者達へ疑問を与える高慢な行為だ（「夢の少女O子　追悼」、同七一―七二頁）

ここに抜粋した三つの作品に現れる死者は、それぞれに異なる事情の中で死んでいったように見える。また、どこまでが現実に接した人の死を語ったものであるのかも分からない。しかし、その死（者）を思う詩人との関係のありようにおいて、どこか類似のモチーフが反復されてはいないだろうか。すなわち、死者たちのほうが誠実に、あるいは苛烈に生きたのであって、死はその純粋さの必然としてあったのではないかという問い。翻って、生き残っている「私」の方が、ごまかしようのない欺瞞に流されて、この生にとどまっているのではないかという自問。したがって、死者への呼びかけは単なる追悼の言葉にはとどまらず、生きていることそのものに対する自責の念を表出するものになる。

死者の卓越性。生きていることの疚しさ。

その意識の背景には、政治的な闘争の季節の中で、「〈生き急ぐ者〉と〈死に急ぐ者〉」（黒島敏明『大城貞俊詩集』「解説」九三頁）の姿があったと推察することができる。観念的に自己を純化し、先鋭化することによって、〝闘争〟の主体たらんとした若者たち。大城が、同時代の政治的異議申し立ての運動にどのような関わりをもったとしても（あるいはもたなかったとしても）、生き急ぎ、死に急いだ者たちとの交わりから無縁なところに、その学生時代があったわけではない。しかしその一方で、大城は、生活の現実に〝否〟を突きつけ、他者と対峙するような闘争の論理にはコミットしきれなかったようである。少なくとも、彼の初期の作品には、二重の違和の感覚が、容易には解消しきれない矛盾として取り憑いている。生活者の現実に対する違和と、生活を否定するまでに自己を研ぎ澄ませていく姿勢（＝死の論理）への違和。その二つの論理に引き裂かれながら、〝生きていること〟そのものを問い直す営みとして詩語は発せられる。その時、〝死者たち〟

は、少なくとも潜在的に、生活の場にとどまる大城を詰問する者として現れてくるだろう。だから死者の追想は、あえて俗な言い方をすれば、生きていることへの〝言い訳〟をこぼし続けることにつながる。そのような発語の営み（詩作）の継続によって、大城は、現実の世界との、あるいはそこに生きている自分自身との、危うい均衡を保ち続けていたように見える。

「生」を受け止める、ということ

このいささか厄介な二律背反的な状況を起点として、大城は、生活者としての自己を見つめ続ける作業、あるいは〝自分が生きている〟という事実を飼い慣らすための言語的作業を続けてきた。第二詩集『百足《むかで》の夢』（一九八九年）から第三詩集『夢・夢夢街道』へといたる詩作の歩みは、日常性を肯《うけが》う言葉の模索として読むことができるだろう。

年齢で言えば、二十代の作品から三十代のそれへ。詩作の土台となる意識の形が急激に変わってしまうわけではない。社会生活に対する違和、他者との関係に対する不適応の感覚は、相変わらずそのベースにある。〝逃避〟への願望や、〝孤立〟への憧憬も失われてしまったわけではない。しかし、第二詩集『百足の夢』においてすでに、作品全体の雰囲気は少しずつ、確かに変容していく。

まず確認されるのは、日常生活へのまなざしの変化である。具体的で些末なエピソード（例えば、歯茎が腫れて出血しているとか、公共料金の「振替済通知書」が届いたとか）への着目。自嘲気味に自己像が描かれる場合にも、切迫した自己嫌悪の感情が露出するのではなく、どこかユーモアの感覚を交えて、自分の身が何ものか（例えば、「蓑虫」、「蝦《えび》」、「ヤドカリ」、「扇風機」、「独楽」…）に託されて語られることが増えていく。そして、「家族」（母親や妻）の姿を描く作品が散見されるようになる。そこには、現実との齟齬を語る過剰な自意識と、生活者としての自分とのあいだに、どうにか折り合いをつけて生きていこうとする努力のあとが感じられる。

実際そのことは、詩人にとって自覚的な営みとしてあったようだ。彼は、『百足の夢』の「あとがき」に次のように記している。

詩が、おそらく何かを解決するということは困難な事かもしれない。しかし、詩を読むことや、詩を書くことが、この世を生き抜くバランスを保つ一つの方法にでもなれば、それも又、由しとしたい。今は、私は、臆してそこにいる。（『百足の夢』一五〇頁）

詩語がこの世界を一言で解体させてしまったり、言葉の力で問題を解決したりすることはない。しかし、「この世を生き抜く」ためには「バランス」を保つことが必要であり、「詩を読むこと」「詩を書くこと」はそのささやかな営みを支える「方法」となりうる。「生活者」である自分をどうにかして支え続けるための、詩作。

しかし、もちろんそれは、単なる〝順応〟ではない。むしろ、社会生活への拭い去りがたい〝齟齬〟の感覚を抱え込みながら、それを問い続けることで〝現実に対峙する〟感覚が高まっていく。そのような緩やかな成熟の過程を、私たちはここに見ることができる。とりわけ『夢・夢夢街道』

の頃（概ね三十代後半の作品群である）になると、詩語はその意味での〝力強さ〟を備えるようになる。例えば、

夜が明ける……
率直な緑が美しい
死が来るまで
しんしんと生きる
術はないか
苦笑のままで凝視する椅子
逃避する年齢をすでに超え
覚醒する神経に
燃えることを強いる日々
憂人
おまえの胸は
生まれたままに陥没し
おまえの鼻はすでに未来を嗅いで
憂愁に静止する　（「憂人」、『夢・夢夢街道』四四―四五頁）

「憂人」（＝憂う人）として名指された「おまえ」には、おそらく大城自身の姿を重ね見ることができる。その「おまえ」は「生まれたままに陥没し」た「胸」を抱え、「未来」の匂いを嗅ぎ、それを憂えている。だが、「おまえ」はすでに「逃避する年齢」を超えてしまったことを知っており、「苦笑」をもって、神経の覚醒する自分を見つめている。そして、「死が来るまで／しんしんと生きる／術はないか」と自問する。ここには、若き日の「自嘲」的な自意識とも、その反転である現実への「憎悪」とも明らかに異なる、もっと静かで、もっと強靭なまなざしが働いている。

自分が投げ込まれた世界への違和は違和のままにあり、けれどもそれを抱え込んで生を凝視する人の姿を、私たちはここに見ることができるだろう。

視えない道だが
確かに在る
獣道のように
踏みしめた道が……
祈るように
うねりの中に糸を垂らし
海の匂いに悠々と幻惑して
群青色の深みを覗く
死の信号を

生きんがために送る
舞躍する影
感触が確かにある
目的を引き合って
対決する人生
願わくば
銀鱗の栄光であれ
優しい混乱が
一瞬全身を走る

まず存在を固定する方法から
学ばねばならない　（「魚道」、同七四―七五頁）

これはどうやら海釣りをする男を描いた作品である。彼は、その目にはっきりと見ることはできないが、「確かに在る」と思える、魚たちの「道」をとらえようとしている。「糸を垂らし」て、「群青色の深みを覗く」。その凝視の姿勢は、水中に生きるものたちと対決するかのように、緊迫をはらんでいる。「まず存在を固定する方法から／学ばねばならない」。そこには、確かな身構えをもって世界に向きあおうとする人の意志を読むことができる。こうした姿勢における力強さは、最初期の詩篇にはほとんど見ることができなかったものだ。

そして、『夢・夢夢街道』をさらに読み進めていくと、やがて、もっとまっすぐに「生」を、「生活」を肯おうとする言葉が立ち現れてくる。例えば、生まれてきた娘「明子」への呼びかけとして綴られる「手紙」。

明子よ。お父さんには、お前を得てから難しいことは何もなくなった。お前が保育園で過ごしている時間を想像することが出来るようになってから、お母さんや世界中の人々のことをも想像することが出来るようになった。そればかりではない。お父さんには、自分のことが見えてくるようになった。生活の中で自分を考えることは、とても爽やかなことだったんだね――。

（「手紙」、同八四―八五頁）

「生活の中で自分を考えること」があれほど苦しげだった二十代までの作品との、落差が際立っている。このように、「生活の肯定」、「生活者である自己の肯定」の感覚を獲得する過程には、いくつかの要因が関わっていたようであるが、そのひとつの契機が「一八八〇年代半ば」の「シルクロード」への旅であった。

この旅によって得たものを、大城は自ら次のように綴っている。

自然の雄大さや、人間の様々な暮らしのありように驚いた。ネイチャーショックとかカルチャーショックとかいう言葉を越えるものだった。権力のおぞましさや人間の愛憎の歴史、あるいは長い時間の尺度で物事を測り、ミイラと化した先祖と身近に暮らす砂漠の民の価値観は、私の生き方を激しく揺さぶった。（「あとがきにかえて」、『G米軍野戦病院跡辺り』二四七―二四八頁）

ここに読み取ることができるのは、それまでの日常的な感覚とはまったく別様の時間的スケールの中で生と死をとらえるまなざしに触れたこと、そして、死を生の傍らにあるものとして生きる人に出会ったことである。それは死に対する、生に対する大城の基本的な身構えを転換させていく、ひとつの契機となったようである。

『夢・夢夢街道』には、この旅から生まれた作品を読むことができる。

Ⅰ
未知の期待におのれを委ね
論理で抵抗することをやめ
憂愁のままに
人生の結末を連想する
川も木の葉も　海も夢も……
旅の人は
橋上で

一度きりの夢を見る

Ⅱ

生きる意味を問うことからはすでに遠い
いや　生きていることがその意味である
と言いきる域までやっと来た
美しさ
愛
自然
感動するもののために
生ききれると
旅の人は
異国の空で
目を閉じる　（「旅の人」、『夢・夢夢街道』一一五―一一六頁）

生きる意味を問うて、その意味を見いだせなかった状況から、「生きていることがその意味である」と言い切れる境地への移行。そう言ってしまえば、ごく単純なことであるようにも思える。それを、〝成熟の年齢〟と呼ぶのかもしれない。しかし、そこに至るまでの決して短くはない行程を、私たちは思わなければならない。

転機としての「父の死」

その意味で、私たちにとって興味深く思えるのは、この〝生の肯定〟への転換に、やはりひとつの死別体験が大きく関わっていたことである。それは、父の死であった。

大城貞俊の父親は長く教員として生活してきた人であったが、退職直前の一九七五年三月に癌(骨腫瘍)が見つかり、その後、三度の入院を経て、一九七八年一月に亡くなっている。この三年近くに及ぶ闘病の過程を家族が全員で支え、すでに教職に就き本島北部に暮らしていた貞俊もまた週末にはたびたび那覇に戻り、病床に寄り添っていた。この経験が、生きること、そして死ぬことに対する彼の認識を大きく転換させていくことになる。

これについては、大城自身が次のように述べている。

学生時代の体験をうまく処理出来ずに、教職に就いても、ずっと世界を憎んでいる、社会を憎んでいる、体制を憎んでいる、あるいは他人を憎んでいるというようなところがあったのですが、父の死を通して、人は生きてもいいのだ、どんな風に生きてもいいのだと考えるようになったんです。私の父は教員として退職をしてすぐに三年ほどの闘病生活をして亡くなったのですが、父を見舞いに来る教え子たちとか親族とか、また家族で病と闘っているときに人を憎んでいたという思いが吹っ切れたというか、そういうふうに考え方が変わっていったんです。

人は誰もが死ぬと分かっていながら病と闘う、そんな人間の姿が愛おしくなってきたんです。

（「沖縄の死者とともに」『社会文学』二二頁）

死が生に対立する項として、生の拒絶や否定につながるものとして現れてくる場合と、むしろ死こそが（そこに至る過程が）生を積極的に受け止めることを可能にしてくれる場合とがある。初期の詩篇に現れた死者たちが、〝生きていること〟の意味を問いただすような視線を投げかけていたのに対して、大城にとって、父親の死（そこにいたるまでの「闘病生活」）は、「人は生きてもいいのだ」と思わせる重要な契機となったのである。なぜ、父の闘病と死を見届けたことが、これほどまでにドラスティックな変化をもたらしえたのか。これを簡潔に説明することは容易ではない。しかし、病いのもたらす痛みに直面しながら、そして最終的には死に向かって生きていく人の姿は、大城の中に、生と死を対極的なものとしてではなく、むしろ連続的なものとしてとらえる視点をもたらしたように見える。そして、その後の大城の作品の展開に結びつけて考えるならば、「父」の闘病、および死への歩みが、家族や見舞客に見守られるものとしてあったこと、それが〝人々の中で病み、死んでいく〟過程であったことが大きな意味をもっているはずである。死にゆく者は孤独ではなく、これに寄り添う人とともにある。そのような死に方（同時に、生き方）がそこにあった。それは大城貞俊の死に対する構えを、それまでの観念的で否定的な見方から一八〇度転換させていったのである。

詩集『グッドバイ・詩』（一九九四年）に収められた「手紙2」という作品では、「父さんへの手紙」という形で、この父との死別の経験がふり返られ、死というものの受け止め方の変化が綴られている。

父さんが亡くなってから、不思議なもので、僕には死が身近になりました。死は恐れるものではなくなったのです。死は彼方にあるものではなく、こちら側の日常の中にあることを知ったのです。身近すぎて、僕にはもう最後の「切り札」には使えなくなったのです。僕の青春に終わりがあるとすれば、そのような思いを手に入れることができたあの頃の日々をさすのでしょう。（「手紙2　父さんへの手紙」、『グッドバイ・詩』一〇一頁）

父さん、僕もいつの日か、そのようにまた一握りの骨になって、サラサラとその山を造るのです。その日が来るのを、今は密かな楽しみにさえしているのです。何の恐れもありません。そのようになるのに、僕には、もう何の決意もいらないのですから。（同一〇三頁）

かつて、『秩序への不安』の頃には、死者のまなざしは生を咎め、その意味を問いただすものとして彼の前にあった。しかし、今は、「なんの決意も」なく、おのずからそこにたどり着く場所として、死者の世界が置かれている。「なんの恐れもありません」。そう言い放つことのできる境地において、生に対する罪責感（生きていることへの疚しさ）はもう跡形もない。

「物語」へ

そして、このように生あるいは生活の価値を素直に語りうるような境地に至って、大城の文学活動は、詩から小説へと明確に力点を移していくことになる。もちろん、詩の世界から完全に離れてしまうわけではない。一九九四年には第四詩集が出版される（ただしそれは『グッドバイ・詩』と題されている）。そして、二〇〇四年には、山之口貘賞の受賞作となった『或いは取るに足りない小さな物語』がもたらされる。『沖縄・戦後詩人論』をはじめとする、詩と詩人に関する研究書（及び論文）も多数著されている。しかし、『椎の川』（一九九二年）以降、その創作の重心は明らかに散文による物語の側に置かれる。大城貞俊はここから小説家としての歩みを始めるのである。

『グッドバイ・詩』は、懐疑と不安に彩られた日々（大城の〝青春〟）をふり返り、その自意識を言語化する営みとしてあった〝詩作〟との決別を宣言する作品集でもあったようだ。その中に、次のような数行を読むことができる。

遠くから死んだ仲間たちが笑っているが
それでも僕は生きつづけた
太陽さえも憎悪した日々に
優しい星を踏みながら生ききったのだ
だが関係にも死ぬことを躊躇《ためら》わせる力があることが分かってきた

人間にも詩にも生きることにも感動があることが分かってきた
崩壊した風の中で雷鳴のようにそのことを自覚したとしたら
Sよ　その時再び座標軸を引き直した僕は間違ったのだろうか
己ではなく今度は他人を配置する座標軸を……（「グッドバイ・詩」、『グッドバイ・詩』三七頁）

Sよ　僕は新しい物語を僕の肉体に作るために
やっとたくさんのものを捨てることができるようになった
削いだ肉体を太陽にさらすことができるようになったのだ
たとえば　グッドバイ
僕の詩（同三九頁）

ここから、大城は自意識を語る詩人ではなく、他者を物語る小説家、あるいは物語作家になっていく。

では、生に対するまなざしの変容と、このジャンルの転換とのあいだにはどのようなつながりがあるのか。ここから、個別の作品に沿って、小説という形式が、その生と死、あるいは死者に対するまなざしの変容とどのように関わっているのかを読み進めていくことにしよう。

そして、この時点でもう一点確認しておくべきこと。それは、一九八〇年代までの詩人・大城貞俊は、ほとんどすべて私的な領域に浮上した個人的な問いを扱っており、社会や歴史、あるいは状況を描くという姿勢を見せていなかったことである。一言で言えば、初期の詩作は自意識の文学の域にあった。これに対して、その後の小説作品においては、個人的体験に深く根ざしながらも、〝沖縄〟が描き出されるようになる。おそらく、大城貞俊は今（大城立裕や目取真俊とともに）最も正面から〝沖縄を語る〟作家の一人である。沖縄に生を受け、生活する者としての自覚は、ますます色濃く作品に反映されるようになっている。では、〝沖縄人〟としてこの地に生きるということは、死者との交わりにおいてどのような意味をもつのか。ここに、検討されるべきもうひとつの問いがある。

【注】

1. 大城貞俊氏の談によれば、「恋唄」の制作は第三詩集の刊行以後のことであったようだ（詩句の中に「娘」の成長が語られていることからも、そのように推察される）。しかし、この作品は、それまでの思考と詩作の履歴をふり返ってとらえるような自省の働きの上に成立しているように、私には思える。

【テクスト】

大城貞俊　一九七五年　『道化と共犯』（個人誌）
大城貞俊　一九八〇年　『秩序への不安』（私家版）
大城貞俊　一九八四年　『百足の夢』オリジナル企画

大城貞俊　一九八九年『夢・夢夢街道』編集工房貘
大城貞俊　一九九一年『大城貞俊詩集』(沖縄現代詩文庫⑧)脈発行所
大城貞俊　一九九四年『グッドバイ・詩』杖芸出版

【参考文献】

大城貞俊　二〇〇八年「沖縄から書くことの意義―あとがきにかえて」、『G米軍野戦病院跡辺り』人文書館
大城貞俊　二〇一四年「沖縄の死者とともに」(川村湊・成田龍一・村上陽子・守屋貴嗣によるインタビュー)、『社会文学』第四〇号、日本社会文学会

第2章　死を生きるということ

――『椎の川』または〈物語〉の誕生

大城貞俊の最初の長篇小説『椎の川』（一九九二年）は、病い（ハンセン病）と戦争（沖縄戦）に翻弄される人々の生を描いている。舞台は、沖縄本島北部、ヤンバル地方の小さな集落・楚洲《そす》。[1]時は、日本軍による真珠湾攻撃（一九四一年一二月）によって太平洋戦争が始まった直後から、沖縄本島への米軍の上陸によって地上戦が激しさを増していく頃（一九四五年夏）まで。楚洲の村に暮らす松堂家の人々が、中心となる登場人物である。

本章では、この『椎の川』をテクストとして、大城が小説という表現形式を採ることで何を描こうとしていたのか。そして、この形式の選択が、生と死をめぐるまなざしの変容とどのように結びついていたのかを論じていこう。

病いと戦争の物語

まず、その物語の概要を確認する。

〈あらすじ〉

楚洲の松堂源太のもとに、隣村・安田《あだ》から嫁いできた静江は、嫁としての務めを果たしながら、義父・源助、義母・タエ、義妹・梅子とともに幸福な生活を送っていた。二人の子どもはすくすくと育ち、物語の始まる時点で長男の太一は「七歳に」、その妹の美代は「三歳になったばかり」であった。そして、静江は今三人目の子どもを身籠っている。ところが、その頃から少しずつ、静江の体に異変が現れてくる。熱いものに触れてもそれを感じられなくなり、髪が抜けて、顔色が悪くなってゆく。人々はやがて、静江が「ナンブチ（ハンセン病）」にかかっているのではないかと噂するようになる。それでも、夫の強い励ましを受けて、静江は女の子を出産する。三番目の子どもは、幸子と名づけられる。

病気が進行していく静江に対して、村人の目は次第に厳しくなっていったが、夫の源太は最後まで自分の元において、面倒を見る覚悟を決める。源太は、静江を背負って、奥《おく》という集落の診療所まで、険しい道を往復する。静江は、夫の背に揺られながら死んでゆくことができるのであれば、それも本望であると思えるようになる。

しかし、戦況が悪化していく中で、一九四四年一〇月、源太に召集令状が届く。夫が出征していったあと見る見る内に痩せ衰えていった静江は、家を出て、村から離れた岬に建てられた「小屋」に暮らすことを決意する。突然、母親の姿を見失った太一と美代は、途方に暮れ、涙を流す。

その間にも戦局は進み、アメリカ軍の上陸が避けられない状況になってゆく。楚洲の村から「防衛隊員」として動員された源太らは、伊江島に駐留し、陣地の構築に汗を流す。しかし、四月になると米軍が島を襲撃し、源太らは苦しい応戦を強いられる。敗走の中で、源太は部隊を離れ、家族の待つ村に戻ることを決意するが、海を渡る途中に攻撃を受け、被弾して意識を失う。

他方、村人たちもヤンバルの山中に避難を余儀なくされ、太一の幼馴染であった園子がハブに嚙まれて亡くなり、それからまもなく妹の幸子も命を落としてしまう。簡単な埋葬の後、幸子の死が静江にも伝えられる。太一と美代は梅子とともに、幸子の埋葬場所に近い川にタナガー（川エビ）を捕りにゆき、そこで、川を流れてきたたくさんの椎の実を発見する。太一は、椎の実をたくさん集めて、「お母の所へ持って行こう」と決心する。夢中になって実を拾っていた目を上げると、幸子を埋めた場所あたりから、「無数の蛍のような淡いぼーっとした光」が「いくつもいくつも立ち昇って行く」。その中で、大きな塊になった光が、小さな塊の手を引いて登ってゆくように見える。梅子はそこに静江の死のしるしを見る。太一と美代は、じっとその光を見つめている。

〈小説〉と〈物語〉

あらすじだけをたどると、これは救いのない悲惨な物語のように見えるかもしれない。人々は、なす術《すべ》もなく病いに倒れ、戦火に飲み込まれていく。源太の生死については語られぬままであるが、故郷の村に帰還しようとする試みは、アメリカ軍の銃撃に阻まれ、ひとまず失敗に終ってしまったようである。静江は、ひとり隔離小屋の中で息を引き取り、母親に椎の実を届けようとしていた子どもたちの願いもかなわぬままに終わる。ここに描かれているのは、圧倒的な暴力によって、慎ましく暮らしていた人々のささやかな願いまでもが押しつぶされていくさまである。

さて、私たちはここで、このように御し難い力の前に倒れて死んでいく人々の話が、どのような機制の上に物語作品として成立しているのかを問うてみることができるだろう。というのも、抗しがたい力の発現（例えば、自然災害、疫病、大規模事故、戦争など）に人々が打ち負かされていくプロセスだけが語られた場合、下手をすればそれは、身も蓋もない事実の上に無意味と虚しさの感覚が喚起されるばかりであって、必ずしも、物語として読み手を引きつけ、感動をもたらすような作品にはなりえないからである。

しかし、『椎の川』はまぎれもなく、物語的な緊張の中で、読者をその最後の場面まで引きつけていく力を有している。それを可能にしているものは何だろうか。この時、ひとまずの答えとして、この病いと戦争の暴力に抗おうとするものとして、揺るぎない家族の絆が描かれているからだ、と言うことができる。実際、松堂家の人々は、苦境にあっても互いに助け合い、信じ合う心を決して忘れない。源太は、村中の人々から白い目で見られ、時には石を投げられても、妻を背負って診療所への道を歩く。太一や美代は、突然静江が姿を消してしまっても、母親を思う子どもらしい純真な気持ちを失うことがない。この家族愛が暴力の対極に置かれているからこそ、たとえ人々が無力であっても、私たちはそこに共感をもってたどることのできる物語を見いだすのである。

だが、その家族の像は、逆にあまりにも美しく、理想的な定型をなぞっているだけなのではないかと、という声もありうるように思える。確かに、家族の絆を対置することで、癒す術のない病いや食い止めがたい戦禍を生きる人々の物語が可能になっているのだが、その人間の姿があまりにも〝麗しい〟ものになると、小説に求められるべき真実味を保ちえなくなることがある。少なくともそれは、現実感覚に基礎を置いた近代小説の規準に照らして、強い正統性を主張できなくなるだろう。ここで私たちは、この作品が私たちにもたらす感動が、どこまで、またどのような意味で小説的だと言えるのかを問うてみなければならない。

岡本恵徳は、『椎の川』の文庫版の「巻末エッセイ」において、その半分以上を「沖縄芝居」の解説に費やしている。そして、沖縄芝居の「四大歌劇」と呼ばれる作品に触れ、その上で次のように述べている。

物語としてはきわめて単純素朴であり、描かれる若い男女の恋（…）も、親子の愛情（…）にしても、シチュエーションからすればいずれも古風であることを免れない。そしてそこに近代において、これらの作品を古風であるとして否定的に捉える捉え方が生ずる根拠もあった。だが、それにもかかわらずこれらの作品が長く根強い人気を持ち続けたのは、そこに描かれる愛のかたちが、徹底して単純素朴であることによって、かえってその原初のかたちを切実さにおいて示しえたからであった。（…）そこに共通するのは、純粋に愛をつらぬこうとするひたむきな姿であり、ときには自己犠牲もいとわない無償の愛である。そうして、そういう人間のいさぎよさと勁《つよ》さを、ひたすら単純素朴に、だからこそ切実な愛のかたちとして描いたのであった。（『椎の川』二三一頁）

こうした沖縄芝居への言及は、言うまでもなく、『椎の川』という作品のもたらす感動が、この素朴な「愛」を描く伝統的な民衆劇のそれに通じていることを示そうとするものである。岡本は、「いま人々が渇き、求めているのは、単純素朴であるけれど、それだから原初のかたちをとどめる愛のかたちではないか」と問いかけ、そして「『椎の川』は、おそらくそういう人達への作者からのおくりものではなかったか」(二三三頁)と結んでいる。

この一文は、『椎の川』のジャンルとしての位置づけを確認しようとするものでもある。この作品を近代小説の規範に引き寄せてしまえば、あまりにも素朴で純粋な家族愛の物語は「古風」なものとして退けられてしまうかもしれない。しかし、大城はあえて、大衆演劇にこそふさわしい〝古い物語〟の形式を採用することで、「原初」的な情の生きている世界を示そうとしている。岡本が指摘しているのは、そのことだと言えるだろう。

この点を踏まえて、近代文学の規範にしたがう狭義の〈小説〉と、より大衆的または伝統的な表現の場において反復されてきた〈物語〉とを、広義の小説——散文による物語作品——のサブジャンルとして対比してみることができる。この両者の差異は、数多くの視点から論じることができるが、さしあたりここでは、二つの基準においてこれを理解しておくことにする。まず第一に、〈物語〉とは、その状況や人物やその性格の設定において、共有された類型的な像を採用し、筋の展開においても、慣習化された、相対的に安定的なコードに立脚することができる。例えば、〝母〟はあくまでも〝母親らしく〟あり、〝母親としての愛情〟にしたがって行動する存在であってよい。これに対して、〈小説〉は、この〈物語〉を支えている共通規範、またはコードに対する懐疑を内蔵したところに生まれる語りの様式である。登場人物も状況も、そのつど固有性をもって現れ、それは慣習的規範が期待する類型的な像からは逸脱しているかもしれない。この、そのつど個別的な人間的事実を描くものとして〈小説〉というジャンルは生まれてきたのである。

これに関連して、第二に、〈物語〉は共同体の中に生まれ、集合的な意味の網目に埋め込まれ、匿名的な伝承の中で語り継がれうるものであるのに対し、〈小説〉は、社会と個人のあいだに一定の懸隔が生まれ、個人の経験がそのまま共同体によって分有されていくとは限らないような状況から生まれるものである。ヴァルター・ベンヤミンが「物語作者」（一九三六年）において言うように、人々が経験を語り継ぐ力を失い、一人ひとりが裸の個人として孤立する社会において、〈小説〉は誕生する。そこには、共同的な意味理解のシステムには埋没しきれない〝個〟の姿が描き出されることになる。

もちろん、この二つのモデルは理念型にとどまり、実際に語られるストーリーは、〈小説〉的な側面と〈物語〉的な側面とを併せもつことになる。しかし、二つの対極的なモデルを想定することによって、それぞれの作品の位置づけ、性格づけが可能になる。これにしたがって私たちは、『椎の川』は〈物語〉の極にきわめて近いところにある、と言うことができるだろう。

〈物語〉としての『椎の川』

このジャンル上の位置取りは、物語の内容だけでなく、その語りの形式においても確認することができる。例えば、語り手の視点のとり方において、『椎の川』では、個の意識と共同主観的なリアリティとが滑らかに接続するものとなっている。

作品の冒頭。第1章・第1節は、ヤンバルの「山」の描写から始まっている。書き出しは以下の通りである。

山は、揺れると波のようであった。一つ一つの樹々は、まるで大海の波のように揺れた。優しく揺れる時もあれば、時には声を上げて激しく慟哭し、また時には柔らかな羽毛の絨毯《じゅうたん》を遠くまで敷き詰めたような静けさで、微《かす》かに表面だけを震わせた。

山は、いつまで見ても見飽きることがなかった。直立した樹々が風を受け、梢を揺らして倒れていく様は、まるでドミノが倒れていくようで壮観であった。すべての樹々が大草原の柔らかな草のように縦横に撓《しな》った。いくつもの緑の川が、突然蛇のように身をくねらせて現われては、また消えていった。揺れる緑の大海の褥《しとね》に飛び込んで、身を横たえてみたい誘惑さえ覚えることがあった。(七頁)

映画の冒頭で、これから物語の舞台となる土地を、はじめは遠景で映し出しながら、観客をその世界に呼び込んでいくような、導入の語りである。しかし、この語りは誰によって発せられているのだろうか。語り手は、作中人物の中の特定の誰かの目線に寄り添っているわけではないようである。しかし、他方で、作品世界を超越した視点から、第三者的な解説を加えているわけでもない。「山は、いつまで見ても見飽きることがなかった」という、主観的な印象を含んだ記述は、楚洲において少年時代を過ごした大城自身の経験に根ざしたものであろうし、その限りでは少年・太一の視点に重ね合わせることができる。しかし、それは決して特定の個人のものではなく、〝人々〟に共有された経験のリアリティを示している。

このようにナレーターは、舞台となる土地（ヤンバル）に生きる人々の共通感覚を確かなものとして置くことのできる場所から、声を発している。そして、第二節からは、人々の生活の場面に視野が絞り込まれ、日常生活の場面が語られていく。そこでは、随時視点人物が入れ替わっていく。人々のまなざしの交錯の上に家族や村の姿が浮かび上がってくるのであるが、その複数の視点が互いに齟齬を起こして、個別の主観的現実が立ち現れるということにはならない。生活世界を成り立たせている「視界の相互性」が安定的に確保されており、それゆえ視点人物の交替は、頻繁に、かつ滑らかに進んでいく。

もちろん人々は、対立したり、争ったりすることがある（例えば、病いに冒された静江を白眼視する村人と、これを守ろうとする家族の対立）。しかしそれは、経験された現実の意味（理解）の断絶をともなうものではない。複数の主観的なリアリティが共同的な世界を確実に構成している。この、意味世界の基盤の確かさもまた、大衆演劇のそれに近似していると言えるだろう。

こうした形式の上に、楚洲村の松堂家の人々の物語は、孤立した個別的経験の語りにはならず、〝村〟の人々の歴史の中にしっかりと埋め込まれ、その共同性を獲得していく。その意味でもまた、『椎の川』は〈物語〉としての性格を強く示しているのである。

「死」の刻印

では、こうした〈物語〉の創作を通して、大城は（あるいはこのテクストは）何を思考しようとしていたのだろうか。

ひとつの側面において、それは、〝死を生きる〟人々の姿を確かめることにあったように思われる。実際、『椎の川』は病いや戦争によって死んで行く人々の物語であり、既述のように人々は、この〝死をもたらすもの〟の前にあって、無力である。しかし、それは決して悲惨で無意味な現実を語るものではない。多くの読者たちは、おそらくこの〝死にゆく人々〟の物語の中に、ある種の希望が宿っていると感じることだろう。それは、人々が〝死にゆく生〟を生きる力を備えているからである。〝死に抗う力〟ではなく、〝死を生きる力〟とでも言えばいいだろうか。そのような生き方がごく当たり前に、確かなものとして成立するような生活の形があるのだということの確認。『椎の川』はそういう性格をもつ作品であった。

それは、〝生活の中に、すでに死が埋め込まれている〟ような世界を描くということである。確かに、ハンセン病や沖縄戦は、例外的な状況として現出する災厄であり、（後述のように）人々が備えていた〝生きる力〟をも脅かすものであるが、それ以前において人々は、死が生の対極にあるのではなく、死がもっと近接的なものとして生者のそばにあるような暮らしを営んでいる。

その点で、この作品の設定において、主人公のひとりである源太に、幼くして亡くなった兄（源一）がいたことが、ひとつの意味をもつように思われる。

松堂家の「源助とタエの間には、三三歳になる源太を筆頭に、米子、辰吉、梅子と四人の子供がいる」のであるが。その源太の上に「源一という生きていれば三八歳になる長男がいた」(二〇頁)。タエと源助が結婚して「すぐに源一が生まれた」のだが「生まれて一年も経たないうちに、源一は高い熱を出して汗をかきながら死んでいった」。そして、「源助の落胆は大きかった。タエも半年ほどは、呆けたように毎日を過ごした」(二一頁)のである。

この源一の存在(あるいは不在)は、その後の物語の展開に強く関わることがない要素であり、その点では、脇に置かれたエピソードの域を出ていない。しかし、屈託のない明るさに包まれている松堂家の日々の生活に、その裏側から均衡を与えるような対極点として、この幼い子どもの死の記憶が張りついているようにも見える。そして、特別な理由もなく(少なくとも、物語上の必然性はなく)あっけなく死んでいったという事実は、物語の終盤における園子や幸子の死に方にも重なる性格をもっている。そのようにして、村の人々の生活には、避けがたく遍在する死、いつどのような形で訪れてもおかしくないものとしての死が埋め込まれている。そのことは、この物語を読む上で、ひとつの重みをもっているだろう。

それは、人々が死を平然と受け止めているということではない。それがつらく悲しい出来事であることに変わりはない。しかし、その記憶は、家族のあいだでも数多く語られることのないまま、胸の内に抱え込んでいる。タエは、最初の子どもの死を忘れがたく、生活の中で受け止められるべきもの、言い換えれば、生きるという営みの中に根を下ろしたものとなっている。危うい言い方かもしれないが、その意味において、ここでは死が〝常態化〟した形で受け止められている。そして、その事実が〝最初の子どもの死〟という形でこの物語世界に刻印されている。この作品において〝家族〟とは、この〝死を受け止めながら生きる〟ことを可能にするための条件として置かれているように見える。家族としての生活を営むことが、そのまま〝死を生きる〟ことにつながる。そのような生の形が語られているということである。

死にゆく者の孤独――隔離と動員

しかし、松堂家の人々が直面した状況において、〝家族〟はどこまで死を受け止めるための器として、力を保っていたのだろうか。私たちはここで、作品の中心に置かれた〝死の物語〟、すなわちハンセン病によって隔離された人の死と、戦場に動員された人の死のあり方を考えてみなければならない(物語の主人公である源太が戦死したかどうかは書かれていないが、銃撃されて意識を失う彼の姿は、彼と同様に徴用されて村から戦地に赴いた者たちの〝死〟を表徴するものとして読むこともできる)。その時、少なくとも確かなことは、両者がともに家族の生活の場から切り離され、孤独な死を迎えるということである。

また、源太が戦地に赴いた後、静江が「家を出る」決意をするのは、確かに家族のためである。隔離小屋に向かう静江の内言は、次のように語られている。

これがこの子たちとの永遠の別れになるのかと思うと、源助やタエの前で泣くまいと思うのだけれども、どうしても涙を止めることができない。この子たちの幸福のためにこそ、私は行かなければならないのだと、自分を奮い立たせる。これが、こんな母親がお前たちにしてやれるたった一つのことなのだ。私もあのナベおばあのようにナンブチ小屋で朽ちるのだ。そして、その小屋にいるのが私だと子供たちに悟られてはいけない。悟られる前に死にたい……。(一四〇―一四一頁)

〝家族のため〟にどう死ぬべきかを考える。それが、死へと向かう静江の行動を可能にし、その意志を支えている。しかし、戦局が逼迫し、その家族が山中に避難を余儀なくされる中で、末娘の幸子は高熱に倒れ、あっけなく命を落としてしまう。その知らせを、義妹の梅子によって告げられた静江は、せめてもう一度太一と美代に会いたいと思う。だが、その願いはかなえられることがない。

静江は、梅子に、さりげなく太一と美代のことを聞いた。つとめて明るく振る舞ったが、梅子の言葉を一言も漏らすまいと聞き耳を立て、必死に我が子の姿を思い描いた。そして何度も何度も二人のことを頼み込んだ。それから、帰って行く梅子の背中にゆっくりと手を振って別れを告げた。今度こそ最後の別れになる。できるなら、もう一度我が子を見たい。振り返りながら去って行く梅子の姿に、そのことをお願いしようと言葉が喉まで出かけたが、静江はぐっと我慢した。子供たちに会うと、きっと未練になる……。

梅子の姿が見えなくなると、静江は支えていたものを失ったかのように、その場に座り込ん

で自分の運命を呪った。（二一九―二二〇頁）

ここに暗示された静江の最期の場面が、哀切なものであることは言うまでもない。しかし、〝死をともに生きる人々〟の物語としてみた時、その状況は両義的である。静江は、最後まで子どもたちを思いながら、（その魂において）家族とともにあったのだと読むこともできる。しかし、せめてもう一度子どもたちに会いたいという願いもむなしく、静江は孤独な死を強いられているのだと受け止めることもできるだろう。

同様の両義性は、源太が負傷する場面にも見いだされる。防衛隊員として伊江島に動員され、軍務（陣地構築）に従事させられていた源太は、いよいよ米軍による攻勢が強まっていく中で、「島の守備隊の大隊長」が「自決」（二二〇頁）して果てたことを知る。この時「大隊長」は、「伊江島」を抜け出し、「本島の八重岳にいる宇土部隊に合流せよ」（二二一頁）という命令を下していた。しかし源太はこれを聞き、「宇土部隊」に合流するためではなく「楚洲の村」へ帰るために島を脱出しようと決意する。本島出身の同志を募り、筏を組んで、夜の内に海へと漕ぎ出す。しかし、米軍の放つ照明弾に明るく照らし出されて、銃撃を受け、仲間とともに被弾して倒れてしまう。既述のように源太の生死は不明のままであるが、この文脈でもまた、村に住む家族とのつながりを生きるために、彼らは危険を冒している。しかし、その〝村に生きて帰り着く〟という願いは適わぬまま、次々と命を落としていく。この戦場における死を前にして、私たちは、家族の絆は無力で虚しいというメッセージを受け取ることもできるし、それでも家族のために生きていこうとした彼らの行動に希望を感じることもできる。

言い換えれば、ここにこそ、〈物語〉の成立を可能にする争点が置かれているのである。ハンセン病とそれに対する〝隔離〟という対応。兵士としての戦場への〝動員〟。そのいずれもが、人々が死をともに生きる場としての〝村〟や〝家族〟を解体させ、そこから引き離された状態で死をもたらす。その暴力に抗しながら、人々はなお家族的つながりの中で死んでいこうとする。そのせめぎ合いが、『椎の川』に〈物語作品〉としての緊張感を与えている。

では、私たちはその病いの暴力と戦争の暴力のつながりをどのようにとらえればよいのだろうか。

「ハンセン病」と「沖縄戦」

ここで『椎の川』の物語世界から一旦身を引いて、沖縄における「ハンセン病者」への対応と、「戦争」の関係について考えてみよう。

沖縄県は、少なくとも明治時代からすでに、ハンセン病の罹病率が比較的高い地域であったことが知られている。明治三三年（一九〇〇年）、「内務省の第一回全国らい一斉調査」によると、沖縄県の、対人口十万人比のハンセン病の有病率は一一六・四人で全国の都道府県中六位を占めており、第二回調査（明治三九年＝一九〇六年）では三位、第三回（大正一四年＝一九二五年）以降は第一位を占めている（犀川一夫、一九九三年）。全国的にもハンセン病の発生率が高い地域になってしまった背景には、他県との比較において政策的対応の遅れがあったことが指摘されている。明治四〇年（一九〇七年）、日本政府・内務省は「法律第一一号」にもとづき「全国の浮浪患者をまず保護・収容するため、療養所を設置する」ことを決定し、同年四月には沖縄県知事に対しても療養所の設置計画が伝えられ、翌明治四一年（一九〇八年）四月には那覇市郊外（島尻郡真和志村）を候補地とする案が提出されていた。しかし、沖縄県議会は「那覇市の将来の発展を阻害する」という理由からこの案を否決し、計画は頓挫することになる。犀川一夫によれば、「この県議会の否決は、ハンセン病問題に対する県民の無関心さを示すもの」（同四二頁）で、結果として「沖縄県内には、推定約一〇〇〇名もの患者が、誰からも救護されることなく放置され」（同四三頁）ることになった。病者たちの多くは、「海岸の洞窟や、墓場に棺板で小屋を作」（同四四頁）るなどして、「集合所」を作り、ここに生活していた。しかし、この「集合所」「隔離所」へは患者家族が自由に出入りすることができる場合が多く、結果として有効な感染拡大防止手段にはなりえなかったのである（同四四頁）。積極的な治療手段のないこの時代にあって、療養所の設置の遅れが、他の都道府県に比較して罹患率を高める結果につながったと推測することができる。

昭和期に入って、日本政府は全国的に「らい根絶」に向けた行動を加速させていく。昭和五年（一九三〇年）には「らい根絶計画」が公表され、翌昭和六年（一九三一年）には、「法律第一一号」が、より「公衆衛生立法」の色彩が濃い「らい予防法」に改正された。さらには、昭和一〇年（一九三五年）には、「らい根絶」のための「二〇年計画」が採択され、この中で収容施設の増床案が打ち出され、これにともなって沖縄にもハンセン病のための療養所（国頭愛楽園）の創設計画が提示される（愛楽園の開園は昭和一三年＝一九三八年）。これと前後して、昭和六年（一九三一年）、宮古島に県立の療養所（宮古保養院）が創設され、ようやく患者を収容する体制が整っていく。とはいえ、昭和八年（一九三三年）時点での宮古保養院の定員は六〇床、昭和一五年（一九四〇年）時点での国頭愛楽園の収容患者数は三〇五名にとどまり、県内には施設外に暮らす多くの病者が残っていたと考えられる。

　ハンセン病患者の「収容」が一挙に進められるようになったのは、太平洋戦争が開戦し、沖縄に数多くの日本軍兵が駐留するようになってからのことである。犀川によれば、「日本軍は沖縄決戦に備えるため、島内各地に約一〇万の兵を配置、各地に飛行場や、陣地を構築し、全島を要塞化したが、その一方で、昭和一九年九月、島内の未収容患者を愛楽園に収容する措置を採った。当時、沖縄には、推定約六〇〇名の患者が在野に居り、日本軍・球《たま》部隊[2]の日戸、伊崎両軍医によって、各地の患者、約四〇〇名が愛楽園に収容された」（同六七頁）のである。

　なぜ、日本軍がハンセン病患者の収容に積極的であったのか。その理由はまず何より、兵士への感染を恐れたからである。日本軍が残した文書資料には、「住民ニ癩患者アルニ付外出ニハ住民特ニ子供等ニ手ヲフレザルコト」、「衛生ニ注意（特ニレプラ患者多数ヰルニツキ住民ニ接セヌヤウニセヨ）」といった文言が見える（沖縄県ハンセン病証言集編集総務局二〇〇六年、四六二―四六三頁）。施設への収容は、患者の救済のための施策ではなく、明らかに「軍」を保護するためのものであった。かくして愛楽園には、収容定員の倍以上の病者が詰め込まれることになり、「衣・食・住全般に亘って耐乏の生活」（犀川、前掲六七頁）を強いられることになるのである。

　この時代における「隔離」という方法の疫学上の合理性を全面的に否定することはできないが[3]、

ここで少なくとも二つの点を確認しておかなければならない。まず、戦時下におけるハンセン病者の隔離収容の徹底化は、患者の保護・救済のためのものではなく、軍を防衛するためのものであったということ。そして、『椎の川』の物語の文脈に即して考えるならば、それは「ともに死を生きる」人々の関係を断ち切り、病者（死にゆく者）を孤立させる策だったということ。もちろん、作品の中では「施設」への収容が問われているのではなく、「在野」にあった病者が「生活の場」を移し、「隔離小屋」で暮らしていくという実態が背景に置かれている。しかし、象徴的次元において見れば、妻と最後までともに暮らそうとしていた夫を戦場へと動員し、結果として病者が「隔離」の場へと追いやられてしまうというストーリーには、地域にあって家族との「接触」を失っていなかったハンセン病患者が、戦時の論理によってそこから引き離されていく過程を見ることができる。壮健な男子を家から引き離し、戦場に送り出し、他方では病める者を壮健な者たちの生活圏の外に放逐する。その結果として生じる二つの「死」は、ひとつの論理（戦時体制の論理）と裏表の関係にあるものと見ることができる。

『椎の川』という物語が立脚しているのは、人々が病いや死をともに生きる文化が根づいている〝共同体〟と、その文化を根こそぎ破壊しようとする〝体制〟の力とのせめぎ合いの場である。源太や静江は、ある意味ではあっけなく死んでいく。しかし、彼らは確かな物語を生きている。それは、死に抗って生き延びる物語ではなく、ともに死を生きることのできるつながりを保ち続けようとする闘いである。この作品の文脈に内在して言う限りにおいて、最悪の事態は、病いや戦禍によって死ぬことではなく、死をともにすべき人々から「引き離されて」死んでいくことにある。

では、この構図を前提に置いて見た時、私たちは作品の最後のシーンをどのように受け止めることができるだろうか。

「あらすじ」において見たように、物語は椎の実を集めていた太一と美代の前に「無数の蛍のような淡い」光が立ち昇っていく場面で終わる。

「さちぃが、ジンジンになって飛んで行く……。」

と、美代が再び声を上げて、太一と梅子を見る。そこは、皆で幸子の亡骸を埋めた所だ。その石積みの墓の上を、淡い光が点滅している。淡い無数の光の中に、大きな塊と小さな塊が一つずつ見える。小さな塊となった光が、大きな塊となった光に手を引かれるようにゆらゆらと、大きく左右に揺れながら昇って行く。時にはその懐《ふところ》に抱かれるように、まるで太一たちと別れを惜しむかのようにゆっくりと昇って行く。太一も美代もじっとその光を見つめる。

「お母が……。」

と、梅子は言いかけて口をつぐんだ。その言葉は、突然水面で飛び跳ねた魚が立てた水音に消されて、美代にももちろん太一の耳にも聞こえなかった。

山の樹々は、暗闇で夜空を隈《くま》取るシルエットになって、さわさわ、さわさわと音を立てて、いつまでも揺れ続けた。(二二七―二二八頁)

ここには「魂」となった「静江」と「幸子」が再びひとつに交わって天に昇っていくイメージが描き込まれている。その二つの魂の昇天を太一と美代が見送っているのだとすれば、家族の絆は死を超えて確かなものだと受け止めてもよいだろう。しかし、その「大きな光の塊」が「静江」の死を告げるものであることに気づいているのは、梅子だけである。「椎の実」を集めて「お母」のもとへもっていこうとしている太一の願いはここで断ち切られてしまったのだと読むこともできる。あるいは、現実においてすでに家族の絆は断たれているのであり、子どもたちはその幻想の中にしか家族の像を見いだせないのだという意味づけも可能である。いずれにしても確かなことは、この儚げな場面が、互いのつながりの中で死を迎え入れようとする人々の意志と、その力を（あるいはそのような暮らし方を）破壊しようとする力とが拮抗する場所に生まれているということである。そうであるとすれば、私たちはここに、極限的な状況の中でなお〝ともに死を生きる〟ことを願う人々の、〝祈り〟にも似た言葉を読むことができるだろう。

物語《ナラティヴ》という方法

ここまでの読解を踏まえて、先に示したひとつの問いに立ち返ろう。それは、小説／物語という形式の採用が、大城貞俊の表現行為の中で、どのような必然性をもっていたのかに関わるものである。

前章での考察をくり返すならば、大城は〝父の死〟をひとつの契機として〝死に向かって生きること〟、すなわち〝生〟を前向きにとらえる視点を獲得していった。その死生観の転換に応じて、表現の場が詩から小説へと比重を移していったのである。その移行をうながした要因については、先に見たインタビューの中で、作家自らが次のように語っている。

父の人生を考えると詩という表現ではちょっと収まらない。一種の物語みたいな軌跡を描いて生きて来ている。(…)僕の中では小説を書く契機となったのは、生活次元での父の死とか子どもの誕生などの体験です。今まで自分しか見えなかったけれど、父の死を契機に父の人生が見えてきたり、子どものことが見えてきたり、あるいはその頃シルクロードの旅をしたのですが、世界はもっと大きいんだとか、物事はもう少し長いスパンで見てもいいんじゃないかとか、そういうことを考えるようになりました。そう考えるとやはり詩では収まらない。詩以外のジャンル、小説にチャレンジしてもいいのではないかと。そういう思いがあってあの作品〔=『椎の川』:引用者注〕を書きました。(「沖縄の死者とともに」、一二二頁)

大城はここで、「父の人生」を考えると「詩という表現」では「収まらない」という認識があったことを明確に示している。なぜ小説を書くのかという問いは、生をいかに受け止めるのかという問題と不可分のものとしてあったことがうかがえる。では、なぜ小説が求められるのだろうか。私たちはここで、小説という叙事的な表象の形式が、それぞれの出来事を時間的なつながりの中に配列することで意味を産出するもの——その点において、ナラティヴな構造を取るもの——であることに着目しよう。

物語とは、出来事の時間的な継起の中で、それぞれの事実に自ずから了解の可能性を与えていく言表の形式である。例えば、大城の父がそうであったように、病いに苦しみ、これと闘いながら死を迎える。その出来事を〝よしとして〟受け止められるかどうかは、観念的・概念的な意味づけにかかっているのではなく、その人生の成り行きの中に生じる意味にもとづいている。それは、概念的分析とは質を異にするひとつの認識として見いだされるのであるが、そのような知は、経験の時間的経過を構成する筋立ての働きによってもたらされる。諸事実の単純な連なりの中で、出来事の意味が一挙に現出するということが起こる。例えば、〝母が死んだ／子どもたちはその母の死を見送った／子どもたちは明日も生きていく〟。たったこれだけの言述が、〝死と生の継承〟の物語として受け止められることがある。その時、私たちはそれ以上の観念的な説明を要しない、ひとつの確かな認識を獲得しているはずである。

人々の暮らしが、その日々の出来事の時間的継起の内に、自ずから〝意味〟を帯びて現れる。その〝生活の意味〟を支えているのは、諸事実の成り行きの中で世界を（生と死を）了解していく知の働きにほかならない。物語《ナラティヴ》は、この次元で生を駆動する力を形象化する。大城がここでつかみ取ろうとしていたのは、そのような〝物語の力〟ではなかっただろうか。大城貞俊にとって詩は、生活の場に身を置くことのできない孤独な自意識を表出する形式であった。その境地から脱却して〝生〟を迎え入れるために、彼は物語的な言表の様式を必要としたように見えるのである。

ただしそれは、大城がその後一貫して、先に述べたような意味での狭義の〈物語〉作家としての道を歩き続けるということではない。実際に、『椎の川』の次作である『山のサバニ』（戯曲は一九九七年、小説は一九九八年）までは〈物語〉的性格の強い作品を書いていくことになる[4]のであるが、その後の創作にはむしろ〈小説〉的なものへの回帰の姿勢が見いだせる。〈物語〉への転換は、ある意味で〝共同体〟の中で言葉を発する術を見いだす作業であり、やや単純化して言えば、それは大城が村の生活を、ヤンバルの森を、そして〝沖縄〟を書くことを可能にするものでもあった。しかし、社会的現実への関与、あるいは他者との関わりに躊躇していたかつての〝個〟の意識が、簡単に払拭されてしまうわけではない。例えば、短篇小説「サーンド・クラッシュ」（二〇〇一年）においては、初期の詩集においてくり返し表出されていたような〝社会生活との齟齬〟、〝道化と共犯〟の意識が、小説という形を取って再び主題化されている。大城にとって、現実世界に迎え入れられない〝個〟の問題、他者に対する関わりそれ自体の困難というテーマが、すぐには消失していなかったことがうかがえる。

そして、その後の作品の歩みをたどっていくと、〈小説〉的なものと〈物語〉的なものとの揺れ動きの中で、新しい世界が開かれていったことがうかがえる。〝沖縄〟を主題化し、その社会を生きる人々の姿を描きながらも、しばしば、それを個の視点からとらえ返そうとする姿勢が保たれている。その語りの形式は、『椎の川』のような〈物語〉に比べてみると、明らかに〈小説〉的性格の強いものにもなる。したがって、私たちがこの先に読み進めなければならないのは、この形式の模索の中で展開を遂げていった〝小説家〟大城貞俊の軌跡である。

【注】

1．大城貞俊は、父親が中学校の校長として赴任したことを契機に、小学校三年から中学校一年までの五年間を、家族とともに楚洲で暮らしている。この村が物語の舞台に選ばれた背景には、この少年時代の生活経験がある。大城貞俊氏によれば、物語の着想には、楚洲から隣村の奥まで病人を背負って歩いた人の話を伝聞したことが関わっている。ただし、『椎の川』はフィクションであり、ここに語られた物語がそのまま、楚洲における実話を反映したものではない。

2．第三二軍（沖縄守備軍）の各部隊は防諜上の理由から、「球」「石」「山」などの通称で呼ばれた。

3．とはいえ、「隔離」という政策は、伝染病の感染の広がりを防ぐほかの有効な手段が存在しないこと、および患者の基本的人権が守られ、人間的な生活が保障されることを条件としてはじめて一定の正当性を主張しうるものである。しかし、法律「癩予防に関する件」（一九〇七年成立、一九〇九年施行）を制度的根拠として推し進められた日本国による隔離政策は、「西欧列強」に対する「体面」の維持と、優生学的発想に基づく国民＝民族の保護を目的とするもので、患者に断種術までも強いていったその現実を考えれば、合理性の域をはるかに逸脱するものであったことは言うまでもない（藤野豊、一九九三年、一九九六年、武田徹、一九九七年参照）。

4．『山のサバニ』は、はじめ戯曲として執筆され（一九九七年、沖縄市戯曲大賞を受賞）、一九九八年に小説へと書き直される。舞台は、戦時下の沖縄本島北部の阿嘉村。村に駐屯する日本軍は、村人の食糧を収奪し、時に女たちにも暴力を振るい、墓までも壊そうとする。そんな軍に抵抗して、村の若者と子どもたちが「ヤンバル・パルチザン」を結成し、奪い取られた食糧を奪い返したり、武器を盗みだしたりする活躍を見せる。そんな中、軍を率いる加藤隊長から、「サバニ（舟）」を作れという命令が下され、パルチザンの面々もその舟作りに携わる。

やがて、戦局は進み、米軍の攻撃が迫る中で、軍人と村人の関係にも変化が生まれてくる、という物語である。

【テクスト】

大城貞俊　一九九二年　『椎の川』具志川市文学賞受賞作、一九九六年、朝日文庫版

【参考文献】

Benjamin, Walter　1936　*Der Erzähler — Betrachtungen zum Werk Nicolai Lesskows,* 三宅晶子訳「物語作者」、浅井健二郎編訳『ベンヤミン・コレクション2　エッセイの思想』、ちくま学芸文庫、一九九六年
藤野豊　一九九三年　『日本ファシズムと医療』岩波書店
藤野豊 編　一九九六年　『歴史の中の「癩者」』ゆみる出版
沖縄県ハンセン病証言集編集総務局 編　二〇〇六年　『沖縄県ハンセン病証言集・資料編』沖縄愛楽園自治会・宮古南静園入園者自治会
大城貞俊　一九九八年　『山のサバニ』那覇出版社
大城貞俊　二〇〇一年　「サーンド・クラッシュ」、『文学界』（二〇〇一年四月号）文藝春秋
大城貞俊　二〇一四年　「沖縄の死者とともに」『社会文学』日本社会文学会
犀川一夫　一九九三年　『沖縄のハンセン病疫病史——時代と疫学』沖縄県ハンセン病予防協会
犀川一夫　一九九九年　『ハンセン病政策の変遷　附沖縄のハンセン病政策』沖縄県ハンセン病予防協会
武田徹　一九九七年　『「隔離」という病い　近代日本の医療空間』講談社

第3章　詩語の湧出、再び

――出来事としての『或いは取るに足りない小さな物語』

詩から小説へ。大城貞俊の文学的営みは、個人史的な経験の推移に呼応しながら、実践の主要な形式を移行させていった。前章までに見たように、それは、生の否定から肯定へ、個の文学から共同性の文学への転換の歩みでもあった。しかし、この移行過程は、決して後戻りのきかない直線的プロセスとしてあったわけではない。二〇〇四年、大城貞俊は一冊の詩集を刊行する。『或いは取るに足りない小さな物語』。そしてこの本は、翌年、第二八回山之口貘賞の受賞作となる。皮肉なことに、あるいは興味深いことに、小説の場に軸足を移した後の作品が、詩人としての大城貞俊を沖縄の文学史の中に確かなものとして位置づけることになったのである。

しかし、この詩集は、それまでに培われてきたものの反復に終始しているわけではない。大城は、自ら「別れ（グッドバイ）」を告げた世界に単純に舞い戻ったのではなかった。詩作の動機づけにおいても、その主題においても、そこには新しい事態が生じている。そしてそれは、大城自身にとっても予測し難い出来事であったように見える。では、なぜ彼は再び詩的表現の場に立ったのだろうか。本章では、この問いを起点にして、『或いは取るに足りない小さな物語』を読み進めて行くことにする。

「状況」に応える言葉

この詩集の成立の契機については、作者自らが「あとがき」において次のように記している。

二〇〇四年八月十三日、普天間の米軍基地を飛び立ったＣＨ５３Ｄ型ヘリコプターが、沖縄国際大学に墜落炎上した。日本中がアテネオリンピックの話題に包まれている最中だった。続いてロシアの北オセチアで、学校がテロリストに占拠され、三三六名余の人々が犠牲になった。二〇〇一年九月十一日のニューヨークテロの三周忌を迎える直前であった。このような状況の中で、詩に向かうと、言葉が何者かに取り憑かれたように溢れてきた。一気に書き下ろしたのが、この詩集になった。担わねばならない課題は多いと思われるが、詩作を続けることに、力を貸してくれた多くの畏友に感謝したい。（平成十六年十一月）（八三頁）

つまり、いくつかの政治的な出来事がきっかけとなって、大城は再び「詩に向かう」ことになり、「何者かに取り憑かれたように」言葉が溢れ出してきたのである。直接的にはまず、二〇〇四年八月に起きた沖縄国際大学校地への米軍ヘリの墜落事件。それは、住宅地のただ中にある普天間飛行場の危険性を実質的な形で露見させ、同時に、事故後の現場・情報管理の独占という形で、沖縄での（あるいは日本での）〝占領軍〟の統治の優位を印象づけるものでもあった（黒沢亜里子、二〇〇五年)。続けて、同年九月にはロシアの学校をチェチェン独立派の武装集団が占拠し、ロシア警察の特殊部隊との銃撃戦によって、多くの犠牲者を生むという事件が起きる(その銃撃戦の様子は、建物の外からの映像であったが、テレビでも生々しく報道されていた)。この二つの出来事は、学校という場所が戦時的な暴力性に直接脅かされるという点で、共通点を有している。大城貞俊が長く教員として生活してきたことと、これらの事件が有したであろうインパクトとが、無縁のものであったとは思われない。

しかし、二〇〇四年に生じたこれらの出来事だけが引き金になったわけではない。右の一文にもあるように、それらはさらに「九・一一」以後という文脈の中に挿入されている。この出来事の意味を簡潔に言い表すのは容易ではないが、少なくともそれは、アメリカの市民生活の中心地に突然軍事的攻撃が仕掛けられ、その日常の場が(比喩的な意味ではなく、文字通り)〝戦場〟でもあることを明らかにし、人々がいたるところで武力の脅威にさらされていることを教えるものであった。そしてアメリカはその後、この新たな敵との闘争を「テロとの戦い」と名づけ、新たな形の戦争に自らのめり込むように参入していく。その経緯がただちに日常生活の様相を大きく変えるものではなかったとしても、〝米軍との共存〟を強いられている沖縄において、事件は基地の存在の意味を改めて問い直させるものであったし、その事実にともなう不安をより一層強く喚起するものでもあった。だから、大学のキャンパスへのヘリコプターの墜落は、単なる〝事故〟ではない。それは、沖縄の地に生きている者がすでに、少なくとも潜在的に直面している〝戦時的暴力〟を露出させるものとして受け止められたのである。

ともあれ、大城貞俊を再び詩に向かわせたのは、こうした一連の事件によって構成される〝状況〟であった。その点において、『或いは取るに足りない小さな物語』は状況詩である。政治・社会的現実の本質やその様相を的確にとらえようとする言葉が詩語の形を取る。詩は、しばしばそのような形で政治に付随するものでもある。しかし、状況詩を書くということは、大城にとって必ずしも自明のことではなかっただろう。むしろ、それ以前の作品群においては、状況の論理に包摂されない自我の苦しみ、したがってまた私秘的な自意識を表出する媒体として、詩は書かれていた。しかしここで、おそらく系統的な形ではじめて、彼は自らを取り巻く社会的状況を、詩の言葉によって、批判的に切り取っていこうとしている。例えば、

普天間《ふてんま》基地のヘリコプターが沖縄国際大学構内に墜落する
予測することは、だれにも出来たはずなのに
予測することを敢えてしない人々と
予測しないことを敢えてする人々
戦後六十年、予測の波動は
いまだに境界を越えることが出来ない
欺瞞の構造は生活の修辞学を越えている　（四〇―四一頁）

ここには、「予測」可能であったはずの事故を結局は呼び起こしてしまった、集合的な「欺瞞

の構造」を明らかにしようとする言葉の働きがある。あるいは、

二十八万五千九百十七組が一年で離婚するニッポン
毎年増え続けている数は二〇〇一年の夫婦の数字
これほどニッポンのニンゲンは強くなったのだ
ニンゲンの分だけ涙があるという言葉は的を射るか
離婚率のトップは、ドウドウと沖縄県
ようこそ「癒しの島へ」「地上の楽園」「海と空と白い砂浜と」

基地に草冠を被せたら墓地《ぼち》になる
知っていても、黙っておこうねツトム君　（七〇―七一頁）

「癒しの島」「地上の楽園」として謳われる沖縄イメージと、その陰にある現実のコントラストをユーモラスに語る言葉。そこに社会的な批評性が働いていることは言うまでもない。

しかし、詩集全体を通して、政治的構造の欺瞞性を告発し、現状を批判するための言葉が羅列されているかと言えば、決してそうではない。むしろ通読しての印象はほかのところにある。大城は、このようにして〝現実からの呼びかけ〟に応じて批評的な言語を吐きつつ、その行為に向かっていく自分自身のありようを見つめ返している。状況に応えて詩を書くとはどういうことな

のか。それをあらためて問い直すことにこそ、この詩集の課題はあったようにも見える。そして、それは再び、社会的行為の場、あるいは言説の場に対する個としての位置取りを探り直す、という意味を帯びるものでもあった。

詩的発話への戸惑い

実際に、作品は直截に政治的状況に切り込んでいくと言うより、その現実に煽られて「言葉」が湧き上がっていくことへの戸惑いを記すところから始まっている。

詩集の冒頭の一篇。

声がする
見えない声が
発せられているのだろうか
深い井戸の中の残響
たとえば緑のささやき
たとえば鈍色《にびいろ》の悲鳴
どこかで出会った声
もしもし　もしもし
もしもし

もしも
し……　（六―七頁）

ここでは、「声」はまず聞こえてくるものとしてある。しかし、それは「見えない」ものとしてあり、すでに聞こえているにもかかわらず、「発せられているのだろうか」と問われている。かつて「出会った」ことのある声の回帰。その呼びかけ（「もしもし…」）とともに詩作が再開される。しかし、「ぼく」は、再び自分が「詩」を書こうとしていることを訝しんでいるようである。

二〇〇〇年四月一日
詩は、ぼくの「闘い」から離れていった
裏切り続ける「言葉」を裏切ったはずなのに
越えることが出来なかったのだろうか
哀しみに挑発されて、詩は生まれるなんて
言葉は「外部」に在って、煙管《キセル》のように
肉体に降りてくるなんて　（七―八頁）

「二〇〇〇年四月一日」という具体的な日付が何を指しているのかは分からない。しかし、ここには明らかに、いったん決別したはずの「詩」が、「哀しみに挑発されて」、「外部」から降りてくるという事態がとらえられている。そして、「ぼく」はそのことに驚いているようである。「言葉は、ぼくが発するのではない／言葉は『世界』が発するのだ」（一五頁）と大城はあらためて認識する。そのようにして到来するものを受け止めるところから、『或いは取るに足りない小さな物語』は始まる。それは、言い換えれば、言語的存在としての自己をふり返り、自己を取り巻く言葉の布置を自省する営みを通じて、詩人が状況を語り出していくということでもある。

だが、それはある意味で、かつて試みて成しえなかったことの再認、自分が一度撤退してきた〝戦線〟に立ち返ることではなかっただろうか。状況に対峙するということは、かつて、一撃のもとに世界を凍りつかせるような言葉を夢見ながら、闘争の主体として自己を確立しえなかった自分の弱さをふり返る作業にならざるをえない。実際、目前の現実に煽られるようにして湧き上がってくる言葉を書き留めつつ、大城は随所で「過去」の自分自身の姿を想起している。

革命も階級もどれだけぼくの身近にあったのか
ぼくはあのころ、世界を見ていたか
梯梧《でいご》の大木が繁っていたキャンパスで
ぼくはマルクスを読んでいた　（二四頁）

マルクスを読みながら、闘争の可能性について考えていた琉大時代。なぜそれが、この時点で想起されているのか。それは、状況に抗して語るべき言葉のありようを、慎重に見極めなければならないからである。「革命も階級もそのような視線が作り上げた幻影ではなかったか」（二五頁）と大城は問う。かつて闘争を導いた理念、あるいは物語の中では生きていけないことを、彼はすでに思い知っている（それが容易に抜け出すことのできなかった、呪詛のような言葉の世界でもあったことも、彼は記憶している）。だから、今再び政治的な現実に相対しようとする時、その「イズム」の言語にもう一度絡め取られてしまうことは回避されなければならない。「ぼく」は現実に向き合うための「ぼく自身」の言葉を必要としている。

「ファッシズム」「テロリズム」「マルキシズム」「アナキズム」……
ぼくの「イズム」は、ぼくが作りたい
ぼくの詩を、ぼくが作るように
或いは、誰もが罪を免れないように　（六三頁）

だからこそ、状況への問いは、言葉の布置に対する問いに折り重なる。『或いは取るに足りない小さな物語』は、言語的状況についての詩的反省の書物である。例えば、

絶望することは希望が在るからだろう
その深さの分だけ高く飛翔する
青い闇を突き破り

白い壁を通り抜けるほどの「祈り」を携えて
この世界は螺旋の形をして病んでいる
(…)
ニンゲンは、イラクの血をオリンピックの祝祭に変え
毎日の殺人を歪曲する
新聞の一面には死者二百五十三人
十六面には金メダル十五個の躍動する文字……　(一九―二〇頁)

「あとがき」にも触れられていたように、二〇〇四年はアテネオリンピックの年でもあった。その年の夏の新聞には、テロによる犠牲者の発生とオリンピックでのアスリートたちの活躍を告げる記事が並列していた。この報道空間の中で、〝数〟に置き換えられることによって、「死者」と「メダル」が等価なものとなる。日本選手の活躍を「祈る」言葉と、武力によって死んでいった者たちを「悼む」声が、紙上においては同類の情報となって流通する。「病んでいる」のは、この「言葉」の「世界」ではないのか。「現実を記号化したのは、或いはぼくたちの罪かもしれない」(二一頁)と大城は問いかける。まず問われなければならないのは、現実を、あるいは世界を歪曲する、この言葉と記号の配置なのである。

かくして、状況に触発され、目前の現実をとらえ返すことを希求しながらも、『或いは取るに足りない小さな物語』は、一面において、言語的主体としての自己をふり返る作業の場であり、

それは、再び詩の言葉を語ろうとしている自分自身を危ぶみつつ、状況に対峙しうるだけの言葉を模索しようとする試みでもあった。この詩集は、一様の言葉遣いによって貫かれていると言うよりも、様々な表現のスタイルが混然となって組織されている。その多種混交性《ハイブリディティ》もまた、いかなる言語によってこの現実が構成されているのかについての自省、あるいは、いかなる言葉遣いによってこれに対峙すべきなのかについての模索の表れである。

現実を語る想像力

したがってここでは、詩は単純に状況への政治的な応答として生まれるのではない。それは、その政治的な現実を語る言葉の歪みに抗して、状況をとらえ返そうとする想像力の発動としてある。詩的想像力は、「不在の場所から立ち上がる」「意味」(三二頁)を語ろうとする。それは、社会的に準備され私たちを取り巻く言語の布置に逆らいながら、「現実」に回帰しようとする力として生じる。

ぼくの幻想は現実に戻ったときに始まった
たとえば聡明な少女が神ダーリする教室では
想像力だけが救いとなる　(二八頁)

あるいは実際に、学校の中で憑依を起こしてしまう少女がいたのかもしれない。しかし、「教室」

で「神ダーリ」する「聡明な少女」とは、日々の生活のさなかに突然幻想の言葉を吐き始める詩人の喩えであるようにも思える。「現実」に回帰しようとする時にこそ、「幻想」が始まる。そこでは、「想像力だけが救い」である。それは、リアルな世界を語ろうとすれば詩的言語の作動が必要だ、ということでもあるだろう。

では、ここで呼び求められている詩的言語は、どのような場所から、どのような声によって発せられるものなのだろうか。この時点での大城にとって、詩の言葉へと回帰するということは、小説的な語りによって実現しようとしていたものと、必ずしも相反的なベクトルを示すものではない。いずれの営みも現実を見すえ、そこに着地するために想像力の働きを希求しているという点において、相互補完的な位置にあるからである。この詩集の中で、大城は次のように記している。

ぼくは二度と溺れたくない
声の世界に　物語の世界に
現実を直視することから
死んだ父さんと母さんの世界に辿り着きたい　（三六頁）

ここで「現実」と呼ばれている世界とは、具体的に大城が少年時代を過ごした村の生活によって代表される世界である。既述のように、彼の父親は、大城が小学三年生になる年に、楚洲村に学校長として赴任し、家族はその地で数年間を過ごしたのであった。右の一節では、このあと

「ぼく」がその当時（一九五〇年代）の家族写真を前に、その父と母の姿にこそ現実の世界があるのだと再認識している。それは、前章において見たように、〝生〟を肯《うけが》うことのできる生活が営まれていた世界である。ここでは、この生活世界の対極にあるものとして「声の世界」や「物語の世界」が置かれている。それは、言語が現実から遊離し、これを凌駕してしまうような観念や思想の世界であると言えるだろう。「哲学的な言辞と形而上学が最も罪が深い」（五二頁）。「畢竟、言葉を操っているのはニンゲンである。だから「ニンゲンの国」へ、「懐かしい死者たち」（五二頁）のもとへ赴こうではないかと「ぼく」は呼びかける。大城はここで再び、観念的な規範に導かれるような闘争の道を行くことを否定し、生きて、死んでいく人々の生に寄り添う姿勢を見せようとしている。そのような生活の場の中から、状況に抗する声を発しようとしている。それは、彼が小説という方法によって描き取ろうとしていた世界と別のものではない。

先にも触れたように、『或いは取るに足りない小さな物語』は、複数の異質な言語の衝突の場として構成されている。大城自身の率直な自省の言葉の合い間に、醒めた目線で語りかける内なる他者の言葉（しばしばそれは、カタカナを多用した挿入句として現れる）が挿入される。加えて、様々なリソースからの引用。例えば、若き日をともにした友（M）の遺した言葉。思想家アドルノの言葉。新聞などの報道の中で使い回されてきた常套句。批評家の言説。若者たちが作り出す新語、オノマトペ。そうした多様な言葉の織物を編成し、その一つひとつに対する距離を測りながら、大城はその時点での自分にとって信じるに足るような言葉遣いをたぐり寄せていこうとしている。そして、発話のトーンが一定しないこの作品集の中にあって、どこか確信を得たよ

うな口ぶりの言葉がふと挿入されてくるような場面が現れる。例えば、

老いてこそ「鶏」を飼わねばならない
街々へ、村々へ
今日も寂しい「始まりの声」が
澄んだ季節のように流れていく（五四頁）

この一節は、「チャピチャピしている／ウビウビしている／ニパニパしている／シュパシュパしている」という擬態語の引用から始まり、「耐エテクダサイ　カフカ君／嘘ハ、生者タチノ生キル知恵ナノダカラ」へと展開する作品（五三―五四頁）の最後に置かれている。全体としてのつながりの中で意味を読み取ることは容易ではないが、言葉の調子が二転三転しながら、ひとつの詩文を構成する。その転調の中で、最後の四行が際立って見える。

「鶏」が何を意味するのかについては、様々な解釈が可能だろうが、いずれにしてもそれが「始まりの声」を告げるものであることは確かである。老いてなお、日々の「始まり」を告げる声を有する者。その健やかさと、同時に〝鶏を飼って暮らす〟という地に足のついたイメージの連結が印象的である。あるいは、

ぼくは樹を愛した

それはだれにも負けぬほどの尊い「経験」だった
と、今でも自負している
内部の空洞にカラダが弛緩していくとき
樹もぼくを愛してくれた
（…）
風が形を作っていく
彼岸は樹々の近くにある
樹々の傍らに風の棺がある
ぼくは樹の傍らで立ったまま朽ちていく
ぼくの魂は、樹の枝から
縦笛の形でぶら下がる　（四二―四三頁）

ここにも、信じてよいものは何かを探り当てようとする言葉がある。「樹」は、何ごとかの喩えであると読む前に、文字通りの「樹木」としてイメージしてみることができるだろう。「ぼく」は「樹」を信じている。それは言うまでもなく、信じることのできない何かほかのものとの対比において意味をなす形象である。

幕間の出来事としての『或いは取るに足りない小さな物語』

こうして、状況の批判的記述が試みられながら、同時にその現実に拮抗しうるだけの言葉の所在を探し求める試みが反復される。この世界を前にして、「ぼく」が拠って立つことのできる言葉はどこにあるのか。大城は何度もこれを問うている。だが、くり返すならば、それは自己の内側から言語を創出していくような主体的な営みとして成り立っているわけではない。言葉は世界の側から「降りてくる」もの、外部から「ぼく」のもとへ到来するものとしてある。だからそれは、発話の主体が自由に制御したり、造形したりすることができるわけではない。向こうから訪れてくるものの中で、いずれを信頼に値するものとして受け止めることができるのか。問いはそのような形で立てられているように見える。

こうした問いへの応答の反復の中に、次のような一節もまた読むことができる。

歌い継がれて九代四〇〇年の歌があるという
小浜島の祖先供養歌「イランゾーサ」
題名の意味は不明で、楽譜もない
旧盆に祖先を歓迎し
案内し別れる趣意が唱えられるという
蘇っているのかもしれない
魂も言葉もニンゲンも……

父を見て祖父を見て曾祖父を見る子供たち
子を見て孫を見て曾孫《ひまご》を見る親たち……
この空間で蘇れないものは悪意だけだろう
ニンゲンは時間に耐え文明に耐え死に耐える
或いは悲しみにも耐えることが出来るかもしれない
命を濯《ゆす》ぐ空間の桶を作ることは世界の課題
ぼくの物語もぼくの親族が語る言葉こそが真実だ
詩は、彼方から来るのではない
引き継がれた命から、やって来るのだ
小浜島の空に美しく流れるイランゾーサの川　（六四―六五頁）

ここでも、詩は「やって来る」ものとして受け止められている。そして、人々が生き死にをくり返す中で語り継ぎ、歌い継いできた言葉の中にこそ「真実」があると宣言されている。「引き継がれた命から」「やって来る」言葉こそ、信頼に値するものであると。

詩人は、その言葉の流れ（「イランゾーサの川」）に運ばれていくことをよしとしている。「ぼくの立つ場所は流れていく筏の上」（六八頁）だと語られている。それもまた、到来する言葉を受け止めることから始めるという姿勢の表明である。だから、「言葉を手懐《てなず》けてはいけない」（六七頁）のだ。自らの手で制御することのできないものにまずは身を委ねつつ、しかし「筏の上」に立って川を漕ぎ下る者の姿。そこに〝詩人〟の像がある。

だから、一方においては「イズム」の言葉を拒否し、「ぼく自身」の言葉を打ち立てるのだと言われるとしても、大城はここで、〝個の言語〟（孤立した意識の表出）を志向しているのではない。死んでいった親（父）の、さらにまた死んでいった親たち（祖父、曽祖父…）から届けられ、さらに自分の子らへと受け継がれていくもの。詩人が待望しているのは、そのようにして「時間に耐え」「悲しみにも耐え」る言葉である。

かくして、言葉が人を裏切ることを知りつつ、しかし同時に、言葉から逃れることができないことを見定めた上で、「ぼく」は、死者から生者へとくり返し贈られていくような、生き死にのくり返しの中で一人ひとりの生がそこに埋め込まれていくような言語世界を希求していく。『或いは取るに足りない小さな物語』は、社会的現実に触発され、瞬発的に言葉をくり出して〝状況を撃つ〟必要にかられながらも、同時に、その発話の主体が自らの言語的履歴をふり返り、語るべき言葉の所在を確かめていこうとするような、再帰的な過程を示すものでもある。そのような意味において、詩から小説へと移行していくドラマの幕間に生じたひとつの〝出来事〟として、この詩集の成立を位置づけることができるはずである。

では、この先に大城は、実際にどのような言語的世界を、どのような形式の上に展開させていったのか。それは、精力的に書き継がれていく作品に即して考察されなければならない。第2部では、二〇〇〇年代後半以降の小説に照準を移して、大城貞俊の文学的軌跡をたどっていくことにしよう。

【テクスト】

大城貞俊　二〇〇四年『或いは取るに足りない小さな物語』なんよう文庫

【参考文献】

黒沢亜里子 編　二〇〇五年『沖国大がアメリカに占領された日——八・一三米軍ヘリ墜落事件から見えてきた沖縄／日本の縮図』青土社

第2部　死者の土地における生

第1章　私秘化された戦争の記憶
――『記憶から記憶へ』あるいは生の承認の試み

二〇〇〇年代の後半から、大城貞俊はその文学活動の中心を明確に小説へと移し、現在にいたるまでコンスタントに作品を発表し続けている。

ヤンバル地方のある村（S村）を舞台に、少年たちが現実世界に出会って成長していく姿を活写した『アトムたちの空』（二〇〇五年、講談社、第二回文の京文芸賞受賞）、交通事故で妻を失った中年男の日常を語る『運転代行人』（二〇〇六年、新風舎）、沖縄戦時に野戦病院が設けられていたG村を中心に「始まろうとしない戦後」の日々を生きる人々の姿を描く『G米軍野戦病院跡辺り』（二〇〇八年、人文書館）、沖縄本島北部の村（大多喜村）で生まれた双子の兄弟の成長譚『ウマーク日記』（二〇一一年、琉球新報）など、様々なテーマが取り上げられ、多彩な物語世界が展開していく。一貫しているのは、物語の舞台、あるいは背景に、大城が少年時代を過ごした「ヤンバル」とのつながりが置かれていること（『運転代行人』の舞台は那覇周辺であるが、主人公・紀夫はヤンバル出身と設定されている）であろうか。しかし、作品が随所で自伝的な記憶から多くの素材を得ているとしても、それらは個人的な体験にもとづく、いわゆる私小説的な作品ではなく、むしろこの地に生きる〝人々の声〟を伝える物語が紡ぎ出されているという印象が強い。沖縄社会のいたるところに物語の種が埋まっている。それを一つひとつ掘り起こしていくような作業が続けられている。結果としてそれは、市井に生きる人々の多様な記憶の集積をなしている。そして、沖縄に暮らす人々の〝生〟を語ろうとする営みは、その自然な成り行きとして、いたるところで戦争の体験に出会い、生者と死者たちとの濃密な関係を浮上させていく。

ここからは、幾篇かの小説のテクストの内に、戦争の記憶を色濃く宿す沖縄の現実を読み取り、〝死者の土地に生きる人々の生〟のありようをたどっていくことにしよう。沖縄戦の終結の後に生まれた大城貞俊にとって、その記憶をいかに引き受けていくべきかという問いは、何を、いかに書くのかという問いと結び合って、重要な意味をもっていたはずである。沖縄戦の記憶と沖縄の死者たち。それは、小説という言説形式を通じて、どのように呼び起されていくのか。まず本章では、二〇〇五年に刊行された作品集『記憶から記憶へ』（文芸社）に即して、これを検討してみる。

記憶の公共性と私秘性

戦場の記憶を私的《プライヴェート》なものとして語ることは可能だろうか。あるいは、私的な経験としてそれがさし出された時、そこにはどのような意味作用の場が生じるだろうか。こんな問いを立てるところから論を起こしてみよう。

一般論として見れば、およそいかなる経験も、したがってまたその記憶も、私的な側面と公的な側面を併せもっており、そのどちらが前面に押し出されてくるのかは、それが想起される文脈と経験が生起した文脈の双方に応じて変わってくる。例えば、二〇一一年三月一一日（東日本大震災の日）に私が経験したことをふり返ってみるとすれば、それは、自分とその家族がどのようにしてその危機的な状況を乗り切り、お互いの無事を確認したのかを語るストーリーになるだろう。この出来事は、身内のあいだで想い出話として話される限りは、私的な記憶の域を出るものではない。しかし、同じ経験であっても、被災経験の取材にやってきた報道のカメラの前で語られることになれば、直ちに公的な意味をもち、別様の受け止められ方をするかもしれない。この時、私的な語りと公的な語りでは、何がいかに言語化されることがふさわしく、望ましいのかについて異なる基準が適用される。例えば、家族の消息を確認して無邪気に喜ぶ態度は、私的な発話の文脈では何ら問題視されないが、ある種の公的な場では自己中心的で配慮に欠けるものとして受け止められかねない。このように、想起の作業が私的な関係性の中に置かれるのか、公的な場面に置かれるのかによって、適切な語りの内容や様式は別のものになっていくし、同時に、語られたことの意味も変わっていく。

他方、経験された出来事が生じる場面によって、私的な文脈に引き寄せられやすい記憶と、公的な文脈に呼び込まれやすい記憶があることもまた確認しておかなければならない。日曜日に家族と遊びに出かけたという経験は、ごく自然に私的なものとして語られ、また受け止められる。これに対して、政治家が議会の場で見聞したことを語るとすれば、それが個人の主観的な視点からなされる場合でも、おのずと公的な発話として受容されるだろう。当たり前のことだが、社会生活の領域（時間と空間）が私的なゾーンと公的なゾーンに区分され、それぞれの文脈にふさわしい経験の受け止め方、その語り方が存在しているからである。

これを踏まえた時、戦場の記憶とその語りはどのようなものとして位置づけられるだろうか。

全体的な傾向として、それは私的な発話としては成り立ちにくいものである。理由は二つある。第一に、戦場という場面そのものが、私的生活の領域、あるいはその重要性を極端に切りつめたところに成立しているということ。戦闘態勢にある軍隊の置かれた状況を、典型として思い浮かべてみよう。そこでは、行為の個人生活上の意味を主張する余地が、ほとんど与えられていない。経験はほぼ全域にわたって私的な性格を奪い取られていると言えるだろう。第二に、戦場の出来事を想起して語るという行為が、それ自体において〝社会的〟な意味を帯びやすく、公共的な発話として受け止められる傾向にあるということ。〝戦争〟は一般に政治社会的な話題《イッシュー》であり、純粋に個人的な想い出話としてこれを語る機会は、どうしても限られてしまう。戦争体験の証言がそうであるように、個人の記憶であっても、それは往々にして公的な意味を帯びて理解されていくのである。

しかし、そうであったとしても、戦場での体験に私的な意味がまったく付随しないわけではない。銃を取って戦う兵士もまた、一人ひとりが個別の生活史を負った人間であり、家族への思いや親しい人とのつながりの中で、目前の現実を受け止めていたはずである。戦場での人間関係の中にも、敵と味方、上官と部下といった公的な枠組みに回収できない、個人的な親密性や親愛の情、ともすれば恋愛感情や性愛的関わりが生まれることもある。まして、日常生活の場所がそのまま戦闘に巻き込まれていくような場合には、生活上の文脈と戦争という文脈とが複雑に入り組んだ関係に立つ。そのような場面で生じる経験は、時として、私的なものとして語られるのにふさわしいかもしれない。そして、これを想起する場面においても、公的な意味を排し、もっぱらその個人の生に関わる経験として受け止める他者（聴き手）がいれば、私的な想い出話として戦争が語られる可能性は排除できない。

だが、そのような場合でも、戦場の私的経験を語ろうとする行為は、これを公的な文脈上において意味づけようとする場の力との緊張関係の中に置かれるだろう。したがって、戦争体験の語りに強い社会的意味が期待され、公共空間の中で生じる制約が課せられれば、その期待にそぐわない想い出や、規範に適合しない語りは抑制され、体験者の胸の内にしまい込まれていくことになる。

さて、ここでこのいささかラフな一般論に言及しているのは、文学テクストを記憶のメディアとして位置づけてみた時に、これが公／私の分節構造に対してどのように関わるのかを考えてみたいからである。文学作品は、それが刊行され、不特定の読者に向けられている以上、すでに一種の公的言説であるが、にもかかわらず個人の体験をその私的な文脈にそって再現したり、表象したりすることがある。〝文学〟であることを口実として、または正当化の根拠として、私的な記憶からその私性を奪うことなく、これを公共空間に流通させることができる。そしてその語りは、しばしば公共的な言説とその受容のあり方を規制しているコードに抵触する。例えば、人を殺すことはほとんどの場合に公的には許されないことであるし、殺人の経験を赤裸々に語ることができるのは、極めて例外的な場面だけである。しかし、文学においては頻繁に殺人が語られ、私たちは平気で殺人者の行動を追体験する。同様に、あからさまな性の体験を語ることは公共の場ではばかられることであるが、小説の中ではくり返しそれが行われている。それらは〝フィクション〟だから、〝娯楽〟だから、〝芸術〟だからという理由で正当化されるのであるが、それでも文学が描き出す〝反社会的〟存在や行動は、時として、多くの人々の規範的態度を揺さぶるものとなる。そこには、文学言説と公的な社会言説とのあいだの緊張関係が生じる。言い換えれば、文学はこの両義的な位置を占めることによって、記憶が語られる場の社会的分節化のあり方を問い直し、それぞれの文脈に付随する規制力を暴き出す力を有しているのである。

戦場の記憶が文学作品において語られる場合にも、同様の間テクスト性が生じうる。それが戦争の表象であるがゆえに、作品の受容過程にはある種の規範的なバイアスがかかる。しかし、文学はそれ固有の論理にしたがって語りを編成し、経験を再現していくので、それが戦争の表象に関する公共的な期待や拘束に素直に応じるとは限らない。作者が、その規範を侵犯しようとする意図をもっているか否かにかかわらず、テクストはしばしば、言説空間に攪乱の要素を送り届けてしまうのである。

ここに生じる緊張関係をたどり直すことを通じて、私たちは、文学テクストが社会的言説の場の中に占める位置をはかることができるだろう。それは単純に、作品や作者の社会的立場を明らかにするということではない。むしろ、様々な言葉が交錯する場の中で、文学はいったい何をしているのかを考える作業になる。

以下の論考において中心的に主題化されるのは、沖縄戦の記憶である。太平洋戦争の末期に住民を巻き込んでくり広げられたこの凄惨な戦いの記憶は、常に、強い規範的な要請に取り巻かれているように見える。それは、沖縄戦それ自体が政治的な意味づけの争点にある出来事であり、これを想起するという行為がその時々の状況の中で、強く社会的な意味を帯びてしまうからである。もちろんその強度は、誰が、どこで、誰に向かって語るのかによって変わってくるものであるが、純粋に私的な、一個人の体験として沖縄戦が語られる場面を想像するのは容易ではない。そして、そうであるがゆえにまた、人々の前にさし出されることなく経験者たちの胸の内にしまい込まれたままの想い出——私秘化された記憶——が、数多く残されているようにも思われるのである。[1]

その点を踏まえつつ、ここからは『記憶から記憶へ』を読んでいこう。

大城は、最初の小説作品『椎の川』から最近の作品集『島影』、『樹響』にいたるまで、くり返し沖縄戦下の生活やその記憶を主題化する作品を書いている。しかし、大城自身の身構えとしては、「沖縄戦とは何であったのか」という社会派的な関心が先に強くあったと言うよりも、自分自身を取り巻く人々の世界を描こうとした時に、自ずから浮かび上がってくる状況がそこにあった、と言う方が実情に近いのではないだろうか。「沖縄戦はいかに語られるべきか」という規範的な問いや、既成の表象をいかに揺さぶって書くかという政治-文化的な関心が先行して作品が書かれたわけではない。むしろ、その時代の沖縄に投げ込まれてしまった人々の生きざまや死にざまを描き出すことに主眼があったはずである。そして、結果的にその試みは、それぞれの戦争体験を、その個人的な文脈に沿って語り出すような物語を生んでおり、時にそれは、私的な文脈においてのみ許されるような告白、したがってまた公的な言説とのあいだに摩擦を生じさせるものになっている。作家自身の意図がどこにあったにせよ、読み手の目線から見れば、そこには強い挑発性をともなった〝個人の物語〟が立ち現れている。これを、戦争の記憶を語る言説の中に位置づけた時、どのような意味作用を見いだすことができるのか。これが以下の考察を導くひとつの問いである。

『記憶から記憶へ』

『記憶から記憶へ』は、三つの短篇から構成される作品集である。各篇はそれぞれに独立したものとして読むことができるが、ひとつの作品の登場人物がほかの作品の脇役として姿を見せるなど、緩やかなつながりの中に置かれている。主題的な通底性も確保されており、短篇連作とでも言うべきものとして受け取ることができる。

まずは、それぞれの物語の概略をふり返っておこう。

(1)「ガンチョーケンジ」

舞台は沖縄戦下のヤンバル地方。すでに、米軍の上陸戦が始まり、いよいよ本島北部の小さな村にも「戦争がやって来るのだ」と噂され、村人の多くは「昼間は山中に身を隠し」、夜になると村にもどってくるという暮らしを続けている。ある日、祖母のセツとともに山中を歩いていた鈴子は、三人の日本兵と遭遇する。「上官殿」と呼ばれる中年の兵士と、その部下である二人の若い兵士。「上官」は脚に怪我を負っており、セツと鈴子は三人を村に連れ帰って休ませることにする。しかし、兵士たちは何かを隠しているらしく、本名を名乗ることをしない。そのことを訝りながらも、鈴子は彼らが「中部」での戦闘に敗れ「ヤンバルへ逃げてきたに違いない」（二二頁）と考える。

山を下りると、「上官」は「すぐに高熱を出して寝込んでしま」（二三頁）い、看病の甲斐なく亡くなってしまう。セツと鈴子はその亡骸を村の共同墓に葬り、残された二人の兵士をかくまうことに決める。そして、相変わらず名を明かさない二人を、「ガンチョー」（眼鏡）と「ケンジ」と呼ぶことにする。軍服を脱いで、村人と同じ身なりになったガンチョーとケンジは、やがて村の生活に馴染んでいく。鈴子は、二人との親密な関係が深まっていく中で、ケンジの存在を特別なものと思い始める。しかし、二人はなお「任務」を担っているらしく、セツや鈴子にも理由を打ち明けることのないまま、姿を隠してしまうこともある。

やがて、米軍の侵攻が進み、その脅威が高まっていくに連れて、村は殺気立った雰囲気に包まれてゆく。そんな中で鈴子は風邪をこじらせて寝込んでしまう。ガンチョーとケンジの献身的な看病を、鈴子は嬉しく思う。しかし、その頃から二人は、軍服や銃を再び身に着けるようになる。鈴子の病いはやがて癒えていくが、ある日、ガンチョーとケンジは「兵士としての任務を全う」したいという置き手紙を残して姿を消してしまう。泣きじゃくる鈴子の前に、アメリカ軍の戦車が地鳴りのような音を立てて迫ってくる。

（２）「面影《ウムカジ》の立《ヌ》てば」

舞台は現代の沖縄。「加那おばあさん」（与那城加那）は、トーカチ祝い（米寿の祝い）の日を迎えている。祝いの会場には、息子の和男、和樹、和宏とその家族、加那の妹夫妻が集まっている（加那にはそのほかに、沖縄戦で死んだ兄・信夫と、ヤンバルの幼馴染に嫁いで二人の子どもを生んだが若くして死んでしまった姉・ユキがいた。そのユキの娘が、「ガンチョーケンジ」に登場した鈴子である）。

作品は、次々と人が交替してスピーチが行われていく祝いの場の光景と、その中心にいて、車椅子に座っている加那の内言の語り（周りからは、ぶつぶつと何かを呟いているように見えている）とが、交互に進行していく形で構成されている。加那は周囲の人々からはすでに呆けてしまったと見なされており、参会者の発話と加那の語りはつながっていない。家族や親族がこの席で語る加那の人生と、独り言のように発せられた言葉が明かす加那の生きざまが、ズレを示しつつ交錯し、それを通じて彼女の過去の人生が浮かび上がってくる。

家族が語る物語の中では、若き日の加那は「絶世の美女」で、「島に駐屯した」日本の軍人（「村上隊長」）に見初められ、恋に落ち、子を宿したことになっている。戦後は、村上の故郷である広島にわたり、そこでさらに二人の子どもを生み、村上の死後沖縄に戻ってきた。そのあとは、「基地の町で身を削るようにして働き」（七八頁）子どもたちを育ててきた。息子たちは加那に「何度も再婚を勧め」たが、そのたびに「もう十分に楽しい人生を送った」（八七頁）と言って断られた。「私はね、あんたたちのお父さん（＝村上）との恋愛に精も根も使い果たしました」、もう「百人分の恋愛を独り占めにしました」というのが、加那の言い分だった（八八頁）。息子・和宏は「村上隊長との恋」を「戦場に咲いたテッポウユリ」に喩え、「母の人生はテッポウユリ女一代記」（八八頁）であると称揚する。

しかし、加那の独言を通じて現れるその人生は、決してそのような美しい物語には回収されない。この時、加那の前に姿を見せているのは、皆すべて亡くなったはずの人々である。その亡霊たちに向かって彼女は語りかける。自分が沖縄に戻ってから、「コザの中之町」で苦労をして働き、貧困の中で子どもたちを育てたこと。六十歳を過ぎたころから身体が痛み出し、排便のコントロールができなくなると、子どもたち夫婦に邪険にされ、「毒を盛られたこと」もあると思っていること。戦争中、自分は、島に駐屯する軍の隊長にさし出された「人身御供」だったが、その当時の「村上」は凛々しく男らしく、一方的な恋心を抱いて体を委ねていたこと。そして、自分は「戦争のおかげで、だれも得ることが出来ない大きな幸せを授かった」（七七頁）と思っていたこと。しかし、敗戦後の村上は、廃人のようになり、「何もしない、何も考えない、抜け殻になってしまった」（九〇頁）。その村上を追いかけて広島へ渡ったものの、男には妻（美紀）があり、村上の留守を預かって家族を支えていた美紀に、女としてもまったく勝てなかったこと。別宅に暮らしていた加那は、やがて大西という男と関係をもつようになり、生まれた三男の父親は実はこの大西であること。沖縄に戻ってからは、サンダースという米軍の軍曹と関係をもち、この男にほかの女の子を斡旋して金儲けをしたこと。このように悪事をも厭わずに積み重ねてきた人生をふり返りながら、加那は自分が、「戦争が終わってから、すぐ亡霊になったような気がする」と言い始める。「戦争のときに、本当の私は、死んだんじゃないかね。戦争が始まったら、私のマブイは、私を嫌いになって逃げ出したのではないかね。マブイに捨てられたことになるのかね。そうだとしたら、悲しいね……」（一〇八―一〇九頁）。しかし、「沖縄は戦後も戦場だ。その戦場を生き延びてきたことを「みんな許してくれている」と彼女は思う。「ありがとうよ、みんな…」と言って、加那の語りは終わる。

（3）イナグのイクサ

舞台は沖縄本島北部、ヤンバルのある村。節子と繁信《しげのぶ》と宣昭《せんしょう》は、戦前の国民学校の同級生で、子ども時代にはいつも一緒に遊びまわる友だち同士だった。しかし、節子が「十三祝い」を終えたころ、宣昭と繁信の双方から「好きだ」と告白され、その後は三人一緒に遊ぶ回数も次第に少なくなっていった。そんな中、繁信の家族と節子の家族が一緒にパラオ諸島に移住することになる。宣昭は、自分も必ず後を追って行くと告げ、実際に五年後には単身でパラオに渡ってくる。しかし、その時すでに節子は両親の勧めにしたがって繁信と結婚の約束を交わし、お腹にその子どもを身籠っていた。宣昭は二人を祝福し、自分は漁師としてパラオにとどまることにする。節子は繁信とのあいだにできた娘・繁子を産む。

やがて戦争が始まり、男たちは次々と軍に召集されてゆく。繁信はコロール島のジャングルに陣地を構える部隊に、宣昭はペリリュー島の守備隊に配属される。節子は生まれたばかりの繁子を抱いてジャングルを逃げ回り、かろうじて終戦の日を迎える。しかし、夫の繁信が戦死したという知らせが届く。悲しみの中で引き揚げ船に乗り込むと、途中の港で、生き延びた宣昭が乗船してくる。故郷の村に戻り、二人は新しい生活をともに営み始め、そして節子は宣昭の子どもを身籠る。ところが、そこに繁信が生きて帰ってくる。戦死の知らせは誤報だったのである。村人たちは、節子が繁信との婚姻関係に戻り、生まれてきた子ども（信子）もまた、繁信の子どもとして育てるのが良いと判断する。節子はさらに、三人目の子ども（信勝）を生み、田畑を耕しながら、子どもたちを育てていく生活を続ける。一方の宣昭は、独身のまま、舟に乗り、漁師の生活を送る。

だが、節子は宣昭との関係を断ち切ることができない。二人は、人目を忍んで逢瀬を重ねていたが、やがて繁信に知られてしまう。宣昭は、「節子を、俺にくれ」と頼むが、繁信は「絶対に許さん」と言ってこれをはねつける。節子は二人の男のあいだで身動きが取れなくなる。繁信の生活は荒み、やがて彼は小夜子という女のもとに通うようになる。

そしてある日、繁信は小夜子の家を出てきたところで、道端に倒れ、トラックに轢かれて大怪我を負う。倒れて血を流しながら、「許さんぞ…。センショウ、許さんぞ」（一一四頁）とつぶやく。入院後、十日目に繁信は息を引き取る。

節子は、繁信が作った庭の樹々に水をやりながら、宣昭の母親がぽつりと言っていた「イナグ（女）のイクサや、イクサが終わってから、始まるんだよ」（一六六頁）という言葉を思い出す。

秘められた記憶

ここに語られているのは、戦争によって人生を翻弄された女たちの物語である。

「ガンチョーケンジ」の鈴子は、激化していく戦闘によって生活の場を脅かされ、父も兄も召兵されて、その生死の消息も定かではない。山中を彷徨っていた日本兵を助け、かくまい、その内の一人に恋心を抱くが、彼は本当の名前すら告げることもなく、再び戦場に身を投じて行く。

「面影の立てば」の加那は、沖縄に駐留する日本軍の将校に「差し出された」女であり、その意味では〝慰安婦〟にも通じるような位置に置かれている。その日本兵を追って広島にわたり、〝妾〟のような地位にあって、子どもを産む。さらに、沖縄に戻ってからは、米軍の兵士に性を売ることで生きていく。戦争は性暴力の常態化を生むものであり、加那は、構造的に見て、その犠牲者として生きることを強いられた存在である。

「イナグのイクサ」の節子は、夫を日本軍に取られ、幼い子どもとパラオのジャングルの中を逃げ回ることになった。かろうじて生き延びることができたが、夫の「死」が「誤報」として伝えられたことによって、戦後は、二人の男のあいだで引き裂かれた人生を送る。夫の生活は荒み、夫婦の関係も破綻しながら、離婚することもできないまま節子は生き続け、憎悪の言葉を聞きながら、夫の死を看取ることになる。

こうした言葉遣いで整理するならば、三篇はいずれも〝戦争の犠牲者〟の物語であり、例えば〝戦争とジェンダー〟というような問題設定の下で、加害／被害の構造を浮き彫りにした作品として読むことができる。しかし、実際の読み手の多くは、こうした意味づけにどこかしっくりと来ないものを感じるのではないだろうか。少なくとも、登場人物たち（女性たち）は、戦時的状況の暴力によって打ちのめされてしまう〝弱き者〟ではないし、あえて言うならば、彼女たちの物語の中にはある種の〝幸福感〟が保たれているように感じられるからである。加那は、自分は「村上隊長」を愛していたのであり、戦争時代の「私は幸せだった」と言い放つ。その村上の愛人でありながら、ほかの男とも関係をもち、真実をたばかりながらその男の子を生む。沖縄では、アメリカ兵とつるんで、ほかの女の子をだまして、体を売り飛ばすことまでやってきた。加那は、規範的な従順さとはまったく対極にある生き方を示す存在、つまり〝悪〟をなす女である。また節子は、意志的に〝悪〟を働くものではないが、夫（繁信）の生還の後にも、もう一人の男（宣昭）との関係を断つことができず、結果的には二人の男を翻弄し、その人生を破滅に追いやっていく。その意味で〝罪〟のしるしを負っていると言えるだろう。これに対して、鈴子は、〝悪〟や〝罪〟とは無縁の〝無垢〟な存在であるが、その純真さゆえに、自分たちの山と村に迷い込んできた日本兵と恋に落ちる。村人は、日本兵をかくまうことに躊躇を示しており、それはある種の常識的な感覚の在り処を示している。鈴子は、村の意思に背いて兵士を招き入れ、立場を超えて恋情をいだく。その点では、〝無垢〟であるがゆえに秩序を脅かす女であると言えるかもしれない。そして、それぞれに性と愛の物語を生きているがゆえに、彼女たちには、一方的に状況に押し流されるだけではない〝強さ〟が備わっており、その人生にはある種の情感的な彩りが与えられている。だからこそ、私たちは彼女たちの生きざまを物語として享受することができるのである。

しかし、その物語はなかなか公の場では語られることのないものである。加那の語りは、身内の人間にすら打ち明けていない事実——自分が村上の「妻」ではなかったこと、三男・和宏の父親はその村上ですらないこと——や、悪事の告白——Aサインバーで働いていた女の子を米兵にレイプさせて稼いでいたこと——を含んでいる。それは、「呆け」てしまった老婆の独言の中にかろうじて聞き取られるような秘話である。同様に、二人の男と関係をもち続けてきた節子のストーリーも、反道徳的な要素をともなっているし、娘・信子の本当の父親が「繁信ではない」ということを周囲に隠しているがゆえに、簡単には触れ回ることのできないものになっている。このような意味での、道徳的な疚しさをともなうことがないのは、唯一鈴子の物語だけである。

しかし、経験の〝語り難さ〟は、道徳的規範への侵犯を含むかどうかだけに左右されるものではない。他方で、戦場の記憶としての、あるいは〝沖縄戦の語り〟としての〝ふさわしさ〟が問われる一面がある。

節子の物語は、誤ってもたらされた死亡通知によって、戦後一度は生活をともにしかけた男との関係を断ち切られてしまった話として聞く限りは、〝戦争のもたらした悲劇〟として受け止めることができる。しかし、その後の二人の男との関係や、その中での夫の生活の荒みに関する経過は、どのような社会的文脈において聞き取ればよいのか、いささか戸惑いを生む性格のものになっている。

加那の物語も、家族が語っているような「戦場に咲いた」可憐な花、気丈な女の一代記の域にとどまるのであれば、戦争の惨禍に耐えて、たくましく生きてきた沖縄の女の物語として、ある種の規範的な期待に違わないものとなる。しかし、彼女が重ねてきた悪事の告白は、その物語が虚像でしかないことを暴いてしまう。

鈴子の物語は、(既述のように)道徳的規範に背くものではないが、「島にやってきた日本兵」

との「恋」の物語そのものが、〝沖縄戦の語り〟を導くある種のコードに抵触する性格をもっている。『沖縄戦記　鉄の暴風』（一九五〇年）以来と言うべきか[2]、沖縄の民衆の戦争体験の記録が積み重ねられてきた中で明らかになったのは、島に駐留する「日本軍」が沖縄の住民を守るどころか、これを死地へと追い立て、時には殺害する存在であったという事実である。その記憶は、個別の様々な事実の証言が呼応しあう中で、沖縄に生きる人々の「集合的記憶」を構成してきた。そのことを、私たちは重く受け止めなければならない。しかし、このようにして、実は「友軍（日本軍）」こそが住民にとっての脅威であったという語りが重い意味をもって流通する空間の中では、その物語の文法にそぐわない経験が逆に語られにくくなる。「日本軍の中にもいい人がいた」、「日本兵と島の女のあいだにも、美しい恋愛物語があった」という語りは、その切り出し方次第では（誰がどこで語るのかによって）「なぜ、どんな意図をもってそれを語るのか」という問い（あるいは糾弾）にさらされかねない。それは、〝沖縄戦の記憶〟をめぐるある種の（政治‐社会的な）期待に背くものでもある。

したがって、〝戦場を経験した沖縄の女たちの語り〟としてみた時、ここに作品化された物語は、どこか〝定型的期待〟に反するものとなる。少なくとも、その規範的期待に敏感な読み手にとっては、鈴子とケンジが心通わす場面や、「戦争のころを思い出すと、私はつい笑みがこぼれる（…）。私は幸せだった。（…）あのころは本当に楽しかったね」（七三頁）と言う加那の語りなどは、それだけでも小さな動揺を誘う要素となる。こうした読者の反応は、〝沖縄戦の記憶〟を主題化する文学を、ある種の公共的な（政治的な）期待の網の目の中で読んでしまうということから生じている。〝沖縄文学〟をめぐる受容の場の規範的な組織化が、政治的な意味づけを排除して読むことを難しくしている、と言えるだろう。

しかし、語られている物語がこのように沖縄戦の経験をめぐる〝公共的な語り〟との落差の中にあることは、テクスト自身によっても明示的に示されている。

最も明確なのは、「面影の立てば」が、〝加那の語り〟と〝お祝いの場に集まる家族の語り〟との並行的な進行によって、その相互のズレを強調しながら構成されていくことである。「トーカチ祝い」は、身内だけが集まる、その意味では〝私的〟な領域の出来事であるが、そこでスピーチとして語られる言葉は、家族・親族的な関係の中での〝公的な発話〟という性格を帯びている。その中で語られる加那の人生は、(決して家族が嘘をついているのではないとしても)他者に聞かれても困ることのない程度に体裁のよいものになっている。しかし、そのオフィシャル・ストーリーに並行して、まったく交わることもなく進む加那の独言は〝語られてはならない〟不都合な物語を提示している。二つの語りが交互に示されていくという形式が、この〝公的な発話〟と〝私秘化された記憶〟の関係を浮き彫りにしている。

「イナグのイクサ」においては、道端に倒れた繁信の言葉が、周囲の人々には「許さんぞ、戦争、許さんぞ」と聞こえるという逸話によって、公的に流通しうる語りと、私的な文脈においてのみ聞き取られる言葉との落差が示されている。「許さんぞ、宣昭、許さんぞ」という言葉は、節子と宣昭と繁信との関係のもつれから生まれた言葉であり、節子の人生を抜き差しならない状況に追い込む、ある意味では呪詛の言葉である。しかし、それは三者のあいだでのみ声にされ、耳に届く、〝私的〟な発話でもある。それが、外にいる人々の耳には、「戦争、許さんぞ」と聞こえる。〝戦争を許さない〟は、社会的なメッセージとして聞き取ることのできる、公的な適切性を備えた言葉である。だがそのように聞き取ってしまえば、そこに隠されている〝真実〟の物語は見えなくなってしまう。

小説のテクストは、公の場においては語られることのない物語を伝えるものとしてさし出されているのである。

引き裂かれた同一性

『記憶から記憶へ』における沖縄戦の語りは、戦場の想起のされ方をめぐるある種の社会的（公共的）期待とのあいだに緊張を呼び起こす。この点を確認してきたのは、筆者（鈴木）がこの作品に触れた時に感じた戸惑いに言葉を与え、同時にこのテクストを読んでいく上での視点を再設定したいと考えたからである。

私（鈴木）はこれまで、社会学者として、沖縄の歴史と現実、あるいはその記憶の表象として、いくつかの文学作品を読み続けてきた。それは、文学テクストの中に〝政治―社会的〟現実を伝える固有の力があると感じてきたからである。しかし、その一方で私は、かなりナイーヴな「文学の読者」でもあって、これまでに身に着けてきた図式や枠組み（文学的ハビトゥス）にしたがって、テクストを〝詩〟や〝小説〟として、あるいは〝物語〟として享受する一面を常にもちあわせている。もちろん、この社会学的関心と文学的感性はまったく別物としてあるのではなく、テクストに触れるたびごとに複雑に入り混じって、相互作用するものである。そこに、ある意味では中途半端な、私なりの読みの経験が生まれているように思われる。

『記憶から記憶へ』についても同様である。私はこれを、単なる〝社会的言説〟として受け止めたのでもないし、純粋に〝文学的態度〟で鑑賞してきたのでもない（それは、私にとっては、どちらも不可能な読み方である）。その時、この小説のテクストは、〝沖縄戦の語り〟をめぐるある種の社会的定型から逸脱し、小説という形式を取ればこそ可能となるような視座に立って、戦争を生きた人々の経験を伝える独自の媒体となっているように感じられたのである。したがって、私に要求されているのは、物語内容を〝政治的メッセージ〟へと性急に還元してその社会的含意を明らかにすることでも、これを純粋に美的・芸術的な視点から評価することでもない。そうではなく、〝物語〟の造形を通じて、〝小説〟としての語りの編成を通じて、このテクストが〝戦争の経験〟のいかなる一面をつかみ取っているのかを明らかにすることである。これを通じて、おそらくは、記憶の語りをめぐる社会的な規定力についても問い直しをはかることができるだろう。

こうした視点から、あらためて三篇の作品を読み直してみよう。

（1）〝名〟をめぐる物語

「ガンチョーケンジ」は〝名〟をめぐる物語として読むことができる。先に見たように、ヤンバルの山中に現れた三人の日本兵は、そこに避難していた村人（セツと鈴子）に出会い、食料を恵まれ、重い傷を負っていた「上官」は手当てを受ける（その甲斐なく彼は亡くなってしまうとしても）。ところが、何か特別な事情を抱えているらしく、彼らは自分の名を明かそうとしない。にもかかわらず、兵士は「お前たち、名は何というんだ？」と問いかけ、セツと鈴子に名乗らせている。この名乗りの非対称性（一方は名乗らず、しかし他方に名乗らせる）は、軍人と地域住民との関係の非対称性を反映しているが、それと同時に、軍人たちが兵卒として匿名の存在に還元されてしまっていること、言い換えれば、（固有名に体現される）個人としての属性を剝脱された（少なくとも、開示できない）状態にあることを示してもいる。

そのようにして身元を隠し、無名の〝兵士〟としてふるまおうとする彼らを、鈴子ははじめから〝個〟としてとらえ、迎え入れようとしている。彼女は、特に二人の若い兵士の「顔つき」に目を向け、この戦争に動員される前には「何をしていたのだろうか」と自問している。

丸い眼鏡をかけている兵士は、いかにも学生風な顔つきをしている。無精髭が顔の周りにぽつぽつと生えて、鼻の下や顎の周りで髭がもぞもぞと動いている。

鈴子たちに銃口を向けたもう一人の兵士は、鉄兜を外しているが、丸刈りにした髪がやや伸び始め、面長の顔に鋭い眼光が光っている。二人ともイクサに取られる前は、何をしていたのだろうか。（一六—一七頁）

ここでの鈴子の関心は、その場面において与えられたフォーマルな身元（〝日本兵〟）を超えて、その背後にある〝生活史〟に向けられており、その生活の来歴の現れる場所として〝顔〟を位置づけようとしている。〝名乗らない〟ことによって〝身元〟を隠そうとする者と、その個人としての正体（パーソナル・アイデンティティ）を読み解こうとする者のまなざしのせめぎ合い。ここにさし出された〝二つの関係性〟の交錯こそ、この作品の主題だと言えるかもしれない。

ともあれ、村の人々から見れば、彼らは〝名乗ることのない〟よそ者である。そのような存在を、村の生活域の中に迎え入れることは容易ではない。村人が警戒心を発揮するのはもっともなことなのである。だからこそ、彼らを迎え入れようとすれば、〝名〟を与えるしかない。「あんたたち二人ともねえ、自分の名前を忘れたんだったら、ガンチョーとケンジという名前にしたらどうかねえ?」（三〇頁）。こう言い出したのは、一人の村の女である。「ガンチョー」はメガネのこと、「ケンジ」は戦争に取られた村の青年と似ていることからの命名である。一方は〝うちなーぐち〟、他方は〝村のメンバーの名〟であることに留意しておこう。その名を付与するということは、この共同体の生活域に彼らを呼び込み（あるいは、取り込み）、自分たちの〝仲間〟として遇しようとする意志の現れである。そして、二人の兵士は、喜んでこの名を受け入れる。彼らは、軍服を脱ぎ、〝村人〟の服を借りて、偽装するようになる。村人は彼らにうちなーぐちを教え、二人の周りには笑いの輪が絶えないようになる。二人の若者は〝日本軍の兵士〟と〝村の住人〟という二つの身分を獲得するのである。

この仮の身元（ガンチョー、ケンジ）をまとうことで、二人は〝個〟としての相貌を回復していく。自分の出自については、決して詳しいことを打ち明けようとしないものの、少しずつ故郷に残してきた家族のことが分かっていき（ガンチョーには「奥さん」や「子供」がいるらしい）、青年（あるいは、ケンジの場合はむしろ少年）としての表情を見せるようになる。鈴子がほのかな恋心を抱き始めるのは、この〝本来の表情〟を取り戻し始めた「ケンジ」に対してであった。二人の恋は、〝兵士対住人〟という関係の殻が破れて、〝男と女〟または〝個人と個人〟のパーソナルな関係が現れていくことのしるしなのである。

ところが、結局彼らは「兵士としての任務」（五七頁）に呼び戻されてゆく。再び「軍服」をまとい、「本名」を名乗ることもなく、置き手紙だけを残して姿を消してしまう「ガンチョー」と「ケンジ」。死を覚悟した手紙の文面に鈴子は泣き崩れる。その時、セツは「最後ぐらい、名前を教えてもいいのにね」（五九頁）とつぶやく。名乗らない関係、名を告げることない形で成立する関係が勝利してしまう。そこに〝戦時性〟がある、と言うこともできるだろう。最後の場面で現れたアメリカ軍の戦車は、兵士たちと個人的な関係を結ぶことができると信じた鈴子たちの幻想を打ち破り、そこが戦場であることを告げ知らせようとしているかのようである。

物語の主軸を構成しているのは、人間を一人の〝個人〟として迎え入れようとする村人と、その人間を〝兵士〟という身分に回収しようとする戦時体制とのせめぎ合いである。二つの身元のあいだで引き裂かれているのは〝兵士〟たちのほうであり、それに対して村人たちの姿勢は一貫している。鈴子は終始「鈴子」としてケンジに向き合おうとしている。彼女の〝無垢〟な態度は、戦時的な状況が要求する〝社会的身分〟に抗して、他者を一人の人間として迎え入れようとする構えから生まれているのである。

物語は最後に、ケンジたちが名を明かすことなく、戦場に戻って行くことで閉じられている。

そこに容赦のない戦争の現実が現れている。しかし、これには後日談がある。「面影の立てば」には、ケンジが戦争を生き延び、セツや鈴子に受けた恩を忘れられずにお礼にやってきたこと、そして、間もなく鈴子は、この「金井」という名の青年のもとに嫁いだことが語られる。ケンジは〝名〟を回復して、鈴子との関係を取り戻す。名乗りをめぐる物語という観点から見れば、最後に勝利したのは鈴子だった、と言えるのかもしれない。

（2）秘められた〝生〟

「面影の立てば」は、先にも見たように、語りの空間を二層に分断させ、これを交互に前景化させることによって、相互の食い違い、すれ違いを浮き上がらせていくという構成を取っている。一方の空間では、「加那おばあちゃん」の人生をふり返る家族の語りが進行する。しかし、その人々の輪の中心に座らされている老婆はすでに「呆けて」しまっており、周囲の人々の発する言葉の空間から離れて、自分の目の前に現れる死者（亡霊）たちに向かって一人密かに語りかけている。加那はこの語りの二重性によって、二つの引き裂かれた像を与えられている。この時、この祝いの場に集まった人々に共有化されるのは、もちろん家族（息子たち）の語るストーリーであり、加那の言葉は、仮に彼らの耳に届いたとしても、〝妄言〟や〝妄想〟として片づけられ、真正性を認められないことになるだろう。しかし、小説の読み手に対しては、この語りの配置は逆に、加那の独言の方を〝真実〟の物語として指し示す。したがって、〝現実〟を語っている（と思っている）〝家族〟たちが、実は〝虚構〟を生きているように見える。本当の身元《アイデンティティ》を奪われているのは、例えば自分の本当の父親の正体を知らない三男・和宏がそうであるように、〝正気〟であるはずの彼らの方なのである。加那の語りは、人々が現実のものとして受け止めている世界が、〝虚実〟の二重性を孕んでいることを暴いてしまう。

では、誰の耳にも届かない〝真実〟の物語の中で、加那はどのような存在として現れてくるのだろうか。

「面影の立てば」は、戦時下における駐留軍（日本軍）の兵士と土地（沖縄）の女の性愛的な関係を主題としているという点で、「ガンチョーケンジ」と類似の状況を描き出している。しかし、そこに生まれる男女の関係の形においても、その後の展開においても、加那の物語は、鈴子のそれとはまったく別の様相を示してゆく。

加那は、沖縄に駐留する軍の「隊長」に、「村人」が「差し出した」（七四頁）女であった。だが、その女は、この男の「身の回りの世話をしているうちに、いっぺんに惚れてしまった」（七三―七四頁）。隊長・村上は「凛々しくて、カッコよかった」（七四頁）のである。その男の「カッコよさ」は、もちろん軍の司令官という地位がまとわせる光輝《オーラ》に包まれていたがためのものであっただろう。しかし、それだけではなく、〝村〟の暮らしとの対比において、〝軍〟の生活は〝近代的《モダン》〟なものに見えていたということも、これに加担していたようである。加那は、当時の村上を次のように回想している。

軍服をつけ、帯剣をして、部下に訓示を垂れているあんたは、輝いていたね。あんたは、村の有力者を集めて激励もした。敵軍が上陸した際に迎え撃つ陣地を見回りながら、部下たちを鼓舞する姿は凛々しくて気迫が溢れていた。そして、夜になると静かにランプの下で軍事日記をつける。それがあんたの日課だった。そんな姿は、村の男たちからは想像も出来ないことだった。（七四頁）

毎晩、ランプの明かりで日記をつける男。この、識字文化の身近さと近代的な規律性が、村上の「凛々しさ」の構成要素である。そして、彼は軍の司令官として、村の有力者たちの〝上〟に立つ存在となっている。共同体の支配者として君臨する男。その「隊長さん」から愛される女になることは、加那にとって、自分自身の存在の格付けに関わることでもあった（「私が尊敬し、憧れている村上隊長に抱かれている。私は、思わず嬉し涙を流したもんだよ」（七五頁））。そして、村上の子どもを身籠ることを、家族（父母や妹たち）もまた「喜んで」いたし、「羨ましがって」（七七頁）もいたと回想される。加那は、「戦争のおかげで、だれも得ることが出来ない大きな幸せを授かったと思った」（七七頁）のである。

しかし、言うまでもなく、この「幸せ」は長くは続かない。村上は沖縄戦を生き延びることはできたのだが、敗戦によって魂の抜けたような存在になってしまう。故郷の広島に戻ったこの男は「廃人みたいになって、死んだも同然」（九〇頁）の姿をさらす。〝軍人〟として自己形成し、それゆえに光輝を放っていた男は、自分自身を支える体制の崩壊とともに、腑抜けと化してしまうのである。この時点で、村上と加那の関係は終わってもよかったはずである。しかし、加那は、そんな村上の様子が心配で、「広島まで付いて行った」（九一頁）。「隊長さん」に愛され、守られていた村の女は、もはや軍人としての矜持もてなくなってしまった「抜け殻」のような男を、今度は「守る」女になろうとするのである。だが、広島の家には、村上の妻が待ち構えており、〝夫〟を支える役割をまったく手放そうとしない。加那は、今度は家父長制的な〝家〟の壁に阻まれて、〝妾〟の位置に甘んじざるをえなくなる。

しかし、ここまでの展開であったならば、加那の物語を単純に戦争の犠牲者のそれとして受け止めることもできる。だが、「面影の立てば」が本当の意味での展開を見せるのは、この先である。加那は、住み込みで働き始めた旅館で、大西という男と関係をもち、密かにその子どもを宿す。ここから、加那は、嘘をつき通して生きる覚悟を固める。そして、村上が死ぬと、三人の息子を連れて沖縄に戻ってくるのである。

そのあとの加那は、生きるためにはどんなこともする女になる。米軍の軍曹（サンダース）に体を売り、さらには若い女の子を斡旋して「一発ヤラセた」こともある。彼女は、米軍統治下の沖縄で「ごろつき加那」（一〇三頁）に変貌していく。おそらく、村上との対比において、加那という人物を性格づけているのは、この〝何者にも変わりうる力〟である。生き延びるためには嘘もつくし、悪事にも手を染める。その生命力《ヴァイタリティ》こそ、この物語を駆動する力であり、テクストが描き出そうとしているものの核心である。この時、加那を、その正体（本性）において〝悪女〟であると言うことはできない。彼女は、状況（歴史）に翻弄されながら、その世界を生き延びるために〝何ものにも変貌する〟力を備えた存在なのであり、その点で、〝帝国軍人〟としてのアイデンティティに縛られていたがゆえに〝戦後〟を生き延びられなかった村上と対照をなしている。沖縄戦、そして戦後の沖縄社会の置かれた状況は、彼女が、それ以前の自分の殻（アイデンティティ）をかなぐり捨てて生きることを強いてきた。だが、加那の人生の賭け金は、まず何よりも生き延びること、そして子どもたちを育てあげることにある。そして、そのゲームに彼女が勝利していることは、子どもたちに取り巻かれた「トーカチ（米寿）」の祝いの席で、彼女の体を通り過ぎていった男たちが皆〝死者〟となって現れていることによって証明されている。

だが、加那という女の秘められた物語を、私たちはどのような位置で、どのような身構えで受け止めることができるだろうか。

加那は、最後の場面で、次のようにつぶやいている。

アリィ、この大きな拍手は、生き延びてきた私の過去を、みんな許してくれているんだよね。よく生き延びてきた、よく頑張ってきたと、労をねぎらってくれているんだよね。少し、照れくさいけれど、これからも胸を張って、堂々と生きていかなくちゃね。みんなに、手を振らなきゃ、強く手を振らなきゃね。私は、スペシャル加那だよ、プリティ加那だよ。ありがとうよ。ありがとうよ、みんな……。（二〇九―二一〇頁）

（自分自身の人生に対する）全面的な肯定の感覚を語るこの言葉を、どのように受け取るかによって、作品の読後の印象は大きく変わってくることだろう。場面設定として、ここでは、加那の〝真実〟の物語を知らないところで周囲の人々が言葉を発し、それを彼女が取り違えているのであるから、自分の過去が許され、すべてが祝福されているのだという認識はただの思い込みにすぎない、と読むこともできる。しかし、テクストが伝えるその言葉にアイロニカルな響きが込められているわけではない。「過去を隠して、嘘をついて生きざるをえなかった」（一〇九頁）人生であっても、最後にはすべて許され、祝福されて終えることができる。物語は、そこに希望を託しているようにも見える。

さてそれでは、私たちはこの〝加那の人生〟を無条件に承認することができるだろうか。少なくとも、そこに一義的な答えはないように思える。彼女は戦争の力に翻弄され、辛酸をなめさせられてきた。そして、厳しい沖縄の戦後を力強く生き抜き、家族を養ってきた。しかし、その状況を乗り越えるために、占領体制の暴力（性暴力）に加担していった。その秘められた悪事までも含めて、彼女はすべてが「許される」ことを求めている。その願いを聞き届けることができるかどうか。これが最後に問われているのである。

（3）「夫」の二度目の死

「イナグのイクサ」は、おそらく、言葉の古典的な意味あいにおいて、〝悲劇〟である。登場人物たちは、人為の及ぶ範囲を超えた大きな力に翻弄され、そうとは望むことなく、破滅的な結末に向かって進んでいく。その過程は、偶然の巡り合わせの積み重ねのように見え、しかし、事後的にふり返ってみれば、ある種の必然として了解される。そして、この〝登場人物の意志〟と

〝宿命的な成り行き〟との齟齬が、個人と社会（もしくは人間と神的なもの）との葛藤を表象する。節子と宣昭と繁信の物語は、まさにそのような〝悲劇的構造〟を示してはいないだろうか。

子どもの頃から幼馴染としてつきあってきた三人は、思春期を迎え、二人の男がともに一人の女に求愛をすることによって、微妙な緊張関係の中に入って行く。節子が心惹かれていたのは宣昭であったが、パラオへと一緒に行くことになるのは、繁信の家族の方であった。その成り行きを節子は受け入れ、繁信との結婚に同意する。そして、その地に宣昭が追いかけてきても、その関係はもはや覆せないところまで進んでいったのである。

ところが、戦局の進展によって、男たちは戦場に動員され、やがて繁信が戦死したという「誤報」（一三九頁）が届けられる。そして、打ちひしがれた節子を乗せた引き揚げ船に、戦地を生き延びた宣昭が乗り込んでくる。この成り行きによって、〝覆せなかった〟はずの運命が転換させられる。節子は、沖縄に戻り、宣昭との結婚を決意し、その男の子を宿す。しかし、そのタイミングで、死んだはずの夫が生還する。いったんは覆された節子の運命は、もともとの道へと引き戻される。だが、この時点での節子はもはや、宣昭との関係を断ち切り、繁信の妻という存在に成り切ることができなくなっている。女は、二人の男のあいだに宙づりになって、抜き差しならない状況を生き続けることになる。

ここには、また新しい形で、引き裂かれた同一性《アイデンティティ》の物語が語られている。もし、はじめから宣昭がともにパラオに渡っていたならば、彼女の悲劇は生まれなかっただろう。しかし、繁信との婚姻を受け入れた時点では、宣昭との関係を、かなわなかった若き日の恋物語として封印することもできた（そのようにして、〝物語的な自己同一性〟は保たれていった）はずである。その均衡を突き崩したのは、繁信の戦死の「誤報」であった。この段階でも、もし正しく情報が伝えられていたならば、もしくは、繁信が本当に戦地で命を落としていたならば、節子の人生がこのように迷走することもなかっただろう。さらに、繁信が生きて戻ってくるのが、宣昭の子を身籠ったあとでなかったならば、やはりその後の三者の関係は別のものになっていただろう。このようにして、いくつもの偶然の累積が、彼ら／彼女らの人生を破滅的なものに変えていく。しかし、その度重なる偶然を起こるべくして起こさせたものとして、私たちは戦争という大状況の及ぼす力を見いだすことになる。私たちはここに、悲劇の成立を感受することができる。

多くの悲劇作品は、宿命的な物語の展開によって破滅した者と生き延びた者とを区別して終わる。「イナグのイクサ」においても、誰が身を滅ぼし、誰が生き残ったのかを考えることに意味がある。破滅したのは、繁信である。節子と宣昭との関係を許容できないまま、かといって節子との関係を断念することもできないまま、繁信はやがて精神的に荒廃していき、その荒みにつけこむかのようにして現れた小夜子という女との関係に溺れていく。「イナグのイクサ」に語られているのは、この小夜子の家から出てきた繁信が道に倒れ、車に轢かれ、それから病院で命を落とすまでの時間である。戦争がもたらした過酷な運命の犠牲者として、最初に姿を消すのが繁信なのである（だから、道に倒れた繁信がつぶやいた「宣昭、許さんぞ」という言葉が「戦争、許さんぞ」に聞こえるのも、必ずしも聞き間違いだとは言い切れない。「宣昭」への憎しみを抱えて死んでゆく運命をもたらしたのは、まぎれもなく「戦争」なのである）。

他方、節子にとって、繁信の死は、三十年前に一度訪れていたはずの出来事であった。象徴的な意味において繁信はすでに死んでいたのであり、その〝死者〟が舞い戻ってきたことによって、あとに残された妻は新しい人生への歩みをずっと妨げられていたのだと読むこともできる。そうだとすれば、繁信のこの二度目の死は、ずっと遅れていた〝最初の夫との死別〟をようやく実現させる契機、彼女が戦争の呪縛から一歩抜け出すためのきっかけであるのかもしれない。もちろんそれは、節子が繁信の死によって解放され、自由に心置きなく宣昭との生活に向かいうる、ということを意味するわけではない。彼女は常に、二人の男のあいだで引き裂かれた存在なのであり、どちらか一方の死が容易に新しい均衡をもたらすはずもない。だが、それでも、繁信の死は、膠着してしまった三者の関係にひとつの区切りを打ち、その成り行きをふり返る視点を可能にする。病院に担ぎ込まれた繁信を看取り、その死を見送る過程は、節子にとって、自分の人生の意味を問い直す時間にほかならない。

この場面で、この小説もまた、私たちの前にひとつの問いを投げかけている。それは、繁信の死を確認し、その遺体を連れて帰ってくる節子が、「自分は幸せだったのではないか」と思う場面にある。

看護師と一緒に、二人はエレベーターで、繁信の遺体を運んだ。そして、信子の車に、節子が抱きかかえるようにして座らせ、村へ向かった。

節子は、車の中で繁信を抱きしめながら、次々と懐かしい思い出が蘇ってくるのを止めることが出来なかった。村での幼い日のこと、パラオでのこと、なぜか優しかった思い出だけが蘇ってきた。

節子は、ひょっとして自分は不幸なんかではなく、幸せだったのではないかと思った。様々なことがあったけれど、繁信に愛されて幸せだったと思う。でも、繁信はどうだったのだろうか。やはり、不幸だったのだろうか……。

節子は、思わず大きな嘆息を漏らした。そして、一気に溢れてきた涙を堪《こら》えきれずに、手のひらで何度も拭った。(一六二頁)

「様々なことがあったけれど」、自分は「繁信に愛されて幸せだったと思う」。この述懐は、出来事の流れ(物語の筋立て)と、その中での繁信の死の意味を考えれば、いささか唐突であるようにも思える。ようやく戦地から生還した繁信は、自分の妻が恋敵の子どもを宿している現実に出会った。それでも、この女を諦めきれず、かといってすべてを元通りに回復することもできず、ぎくしゃくとした夫婦関係を送り続け、精神的に荒廃し、いささか哀れな最期を遂げることになった。一方の節子は、夫の戦死の「誤報」によって、二人の男のあいだで引き裂かれた存在となり、夫からの暴力を被りながら、もう一人の男との関係をも手放すことができぬままに、三十年あまりの時間を過ごしてきた。その夫の死を迎えて、それでも自分は愛されてきたのだから「幸せ」だったのだという彼女の言葉を、私たちはすんなりと了解できるだろうか。

しかしおそらく、ここにほのめかされた評価の〝反転〟にこそ、この物語の賭け金がある。常識的な感覚に照らせば「不幸せ」と形容されて当然の人生を、肯定的に受け止め直す可能性を示唆すること。その意志は、作品の最後の一節にも表れている。

繁信の葬儀の後、自宅に戻って庭に下りた節子は、繁信の植えた「プルメリア」の樹に目を留める。「赤黒くなって生気を失」った大きな葉を見て、「繁信も自分も、そして宣昭も」「戦争で傷ついた病葉だ」(一六六頁)と思う。そして、

突然、節子の脳裏に、パラオの地にあったプルメリアの記憶が蘇ってきた。そして、愕然となった。繁信は、思い出の地を、片時も忘れないために、このプルメリアの樹を庭に植えたのだろうか……。

節子は、そう思うと寂しかった。悲しかった。気を取り直して、一枚、一枚の病葉に向かってホースの水を強く当てた。病葉は、次々と水の勢いに負けて落ちていく。

「一枚だって残すまい。一枚だって……」

節子は、涙を湛えて喘ぎながらそうつぶやいた。そして、なぜだか、むきになって、なおも水をかけ続けた。

太陽は、一気に東の空を駆け昇っていた。節子の手元から放たれる水しぶきは、朝日に照らされて、いっそうキラキラと輝き出していた。(一六七頁)

先に見た場面(一六二頁)では、「パラオ」での日々の回想は、まだ優しかった繁信の記憶とともに、

「自分は幸せだった」のだという認識の転換に関わる要素であった。しかし、ここでは、その日々の記憶にこだわっていた繁信の思いが、「プルメリア」の樹に投影され、節子を「寂しい」気持ち、「悲しい」気持ちにさせている。だが、その気持ちをふり払うように、彼女は「気を取り直して」、枯れかけた葉にホースで水を浴びせていく。「病葉」をすべて落としてしまおうとする彼女のふるまいは、過去の傷を乗り越えてなおも生きていこうとする意思を感じさせる。そして、その水しぶきは、東の空を駆け昇っていく朝日に照らされて、「キラキラと」輝き出している。

夫の死、「戦争の病葉」として生きてきた自分たちの人生の確認。しかしそれでも、その場面において、放たれた水のしぶきに宿る朝の光。ここには、苦難の戦後を生きてきた自分自身の生を、それでもなお慈しみながら受け止めようとする姿勢が見える。物語はここでも、最後の場面で、〝負〟を〝正〟に転換させるようなヴィジョンを示しつつ閉ざされているのである。

生を承認する試み

『記憶から記憶へ』に収められた三篇の物語は、沖縄社会の中の秘められた戦争の記憶を呼び起こし、これを私たちの前にさし出そうとしている。しかしそれは、この記憶をただちに政治-社会的文脈に位置づけ、〝状況〟を問い直すための言説的資源として動員しようとするものではない。むしろ、小説のテクストは、それぞれの戦時下および戦後の経験を、ひとまずは個人の生活の文脈の中に位置づけ、〝その人〟がこの時代をどう生きてきたのかを語ろうとしている。それは、戦争をめぐる公共的な発話の中では声に出されにくい記憶を呼び覚まそうとする企てである。そこに語り出されていくのは、常識的には〝不幸な〟経験であったり、〝許されがたい〟行為であったりする。しかしテクストは、そうした社会‐道徳的な判断の水準からあえて一歩距離を取り、戦時下の恋や戦後の性の物語を開示しているようである。

では、ともすればナイーヴで無防備であるようにも見えるこの語りを通じて、小説は（もしくは小説家は）いったい何を成し遂げようとしているのだろうか。

前節における私なりの読み直しから浮かび上がってきたのは、小説のテクストが、常識的な判断に抗するかのように、この〝女たちの生〟を肯定し、承認しようとしているということであった。〝女たち〟は、それぞれに異なる意味において「タブー」を犯す存在である（鈴子は、村に流れ着いた、身元すら明かさない日本兵と恋に落ち、加那は女の体を米兵に売り飛ばす仕事に手を染め、節子は夫ともう一人の男との関係をともに断ち切ることができない）。彼女たちは、ある種の規範的ないし政治的な解釈コードが支配する空間では、自分の人生（過去）を声高に語ることができない状況を生きている。小説のテクストが踏み越えようとしているのは、まず何より、この発話の抑制をもたらす障壁である。そしてそれは、ともすれば非難のまなざしにさらされかねない彼女たちの生を、全面的に承認しようとする構えに支えられている。

この意味での〝反転〟の意志は、とりわけ後半の二つの作品において顕著である。それぞれのラストシーンにおいて、加那は自らの破天荒な人生を、その悪事まで含めて「許された」と感じており、節子は、繁信と過ごした厳しい戦後の日々を「幸せ」なものとして受け止め直している。もちろん、彼女たちの心情がそのままずんなりと読者に共有されるとは限らない。しかし、そのズレ（読み手から見れば、抵抗感や違和感として浮上するもの）も含めて、そこにひとつの〝問い〟が浮上している。ここで私たちが直面するのは、常識的な感覚において〝不幸〟な結末を遂げた人生を、なおも〝幸福〟なものとして受け止め直すことができるかどうか。もし可能だとすれば、それはどのような〝とらえ方〟の水準においてなのか。あるいは、ひとりの人間の生を、過去に犯した〝罪〟や〝悪〟までも含めて承認し、祝福することができるとすれば、それはどのような〝語り方〟においてなのか、という問いであろう。

私たちはここで、大城貞俊において、小説というジャンルへの転身が、〝生の肯定〟への意志と表裏をなすものであったことを思い出そう。

「どんな風に生きてもいい」。大城自身がインタビューの場で用いた言葉遣いに引き寄せて言えば、そのような構えが、人々の生を〝物語〟として語る作業へと向かわせている。だからそこには、社会的に〝不都合〟な出来事も語られる。〝不幸せ〟な経験もある。しかし、それでも人はそれを生き延びてきたという、揺るぎない現実が残る。その生を駆動する力に照準を置くことによって、ひとつの物語が生成する。

とりわけ、戦時的な体制の暴力は、時として人々を抜き差しならない状況に追い込み、そこでのふるまいは、ともすれば〝悪〟や〝罪〟のしるしをまといかねない。あるいはそうでなくとも、誰からも評価され、祝福される結果をもたらすとは限らない。しかし、そのような〝負〟の価値を担ってしまった部分をも含めて、その人がこれを生き抜いてきたことを〝祝福〟するような受け止め方の水準があるのではないか。大城は、そのような地平に立って、人々の生を語ることを自らに任じようとしている。穏やかな言葉遣いの中で語り出されてゆく物語が発する思いがけない挑発性は、そんな腰の座り方に由来するものであるように思われるのである。

【注】

1. 戦争の記憶が語られない理由は、もちろんここにあげている条件だけに由来するものではない。極限的な暴力性を帯びた経験は、その言語化の条件を奪い取ることがある。戦場の現実は時に、文字通り筆舌に尽くしがたいものとして、沈黙の内に抱え込まれ続ける。

2. 沖縄の住民の目線に立って書かれた「沖縄戦記」の中には、くり返し「住民を殺害する日本兵」の姿が描き出される。「友軍」と呼ばれていた日本軍は、米軍の攻撃から住民を守る存在ではなく、「玉砕」を教唆・強制し、避難していた壕から追い立て、時には、自ら「処刑」するという行為をくり返していた。日本軍に殺される経験。それは、沖縄の人々の集合的記憶の中に深く刻み込まれている。『鉄の暴風』は、その初版が一九五〇年に沖縄タイムス社から刊行された、住民の証言にもとづく沖縄戦記の中でも最も古い系統的資料である。そこに記された「事実」（例えば、「集団自決」を日本軍が明示的な形で住民に命じたのかどうか）をめぐって、その後、いくつかの異議申し立てがなされ、裁判の場でもこれが争われているが、沖縄戦の実相を伝える基本資料としての重要性を失っていない。この中には、日本軍の軍人による住民の「処刑」についての記述がある。例えば、本島北部の山中にかくれていた「海軍特殊潜航艇隊」の「渡辺大尉」によって、村の警防団長をしていた「謝花喜睦」や「村の通訳」を務めていた「平良幸吉」他が斬殺されたらしいという話。「戦闘が終り、ようやく、ホッとした村民にとって山中の日本兵が、今度は、新しい恐怖の的となりはじめた。渡辺は村民の殺害リストを作って持っていた。彼の姿は、米軍と日本軍兵隊との間に板挟みとなって苦しむ住民を尻目に、毎夜のように住民地区へ現われた」（沖縄タイムス社一九五〇年→一九九三年三二二頁）。ヤンバル地方の山中には、米軍の攻撃を逃れて敗走する「日本兵」が多数身を潜めており、その存在が地域の村民にとってどのようなものであったのかと言えば、その典型像はむしろ『鉄の暴風』が伝えるこのような姿である。大城貞俊が、同様の状況を背景に描く物語は、否応なく、こうした記述との「間テクスト的」関係の中で読まれることになるだろう。

【テクスト】

大城貞俊　二〇〇五年　『記憶から記憶へ』、文芸社

【参考文献】

沖縄タイムス社編　一九五〇年　『沖縄戦記　鉄の暴風』、沖縄タイムス社（ここでは、一九九三年刊の第一〇版にもとづく）

第2章 記憶の場所／死者の土地

――『G米軍野戦病院跡辺り』における沖縄の生

ここでは、記憶と場所のつながりに焦点をおいて、大城貞俊の作品集『G米軍野戦病院跡辺り』（二〇〇八年）の再読[1]を試みる。沖縄戦の終結から数十年の歳月を経てなお戦時の出来事の記憶にとらわれ、死者と向き合い続ける人々の姿を描いた四つの物語は、その表題が示すように、濃密な出来事の記憶を宿したひとつの場所（G村・野戦病院跡）の周辺に展開されている。そして、物語の登場人物たちは、場所あるいは土地との関係を編み直すことを通じて、死者たちとの関わりを継続または更新しようとしている。過去に向き合う姿勢を転換させながら、現在の生を獲得しようとする企ての前で、人々が生きている場所、および人々が死んでいった場所はどのような重みを担っているのか。この問いを軸に物語を読み進めていくことによって、記憶（時間）の編成に関わる地理（空間）的要素の位置を検討してみようと思う。

記憶と場所をめぐる四つの物語

まずは、四つの作品がどのような形で記憶と場所のつながりを語っているのか。またその観点から見たとき、それぞれの物語において人々は何を成し遂げ、何を果たし損ねているのか。これを順にたどっていくことにしよう。

(1)「G米軍野戦病院跡辺り」

第一話。物語は、場所を特定しようとする言葉から始まっている。

「ここだよ、ここ。確かに、ここに骨を埋めたんだよ……」(六頁)

「ここ」とは、「G村」の「米軍野戦病院」の「死体埋葬場」があった場所である。沖縄戦当時、各地から運び込まれていた兵士や民間人の多くが、この病院で命を落とし、即席に作られたこの埋葬所に葬られたのであった。そして、この声の主・和恵もまた、「ここ」に「母と妹の遺体を埋葬した」(六頁)のである。

人々は今(戦後三十八年を経て)、この土地を掘り起こし、遺骨を収集しようとしている。直接のきっかけは、「国体」のために、土地が整備され、体育館の建設が予定されていることにある。その機をとらえて、人々は遺骨の収集に乗り出す。「いつの日か遺骨を収集し、立派な墓を作って安置すること」(一二頁)を、(和恵をはじめ)人々が願っていたからである。和恵はその行為を、「持ち帰る」(六六頁)という言葉で表現している。家(家族あるいは親族)の墓こそが、遺骨の「帰る」べき場所なのである。この作品は、〝仮の場所〟に収められていた亡骸を〝本来の場所〟に連れ帰り、埋葬し直そうとする物語を語っている。

だが、和恵にとってこの埋葬場は、単に母と妹の亡骸が眠る場所というだけにはとどまらない。「ここ」は、和恵にとって、忘れることのできないもうひとつの死の記憶に結びつく土地でもある。それは、病院において和恵たちの生活を支えてくれた日系の米軍兵士・ヨナミネの記憶につながっている。おそらくは日本兵たちに殺害されてしまったヨナミネの亡骸がどこにあるのかを誰も知らない。和恵にとって、「収骨」への参加は、このヨナミネの行方を捜すためのものでもある。したがって物語は、二つの課題を負っている。母と妹の遺骨を「持ち帰る」ことと、ヨナミネの亡骸を探すこと（かつ、彼の死の真相を明らかにすること）である。

しかし、この二つの課題は、いずれも成就することなく終わる。和恵たちが母と妹を埋めたと思った場所からは、大きさの同じ（つまり、親子のものとは思えない）二体の遺骨が現れる。ヨナミネの名は、埋葬者名簿の中に見いだすことができない（ヨナミネの殺害に関わったと思われる日本兵に似た男が現れるが、すぐに逃げるように姿を消してしまう）。和恵は、目的を何ひとつ達成できない。その意味で、これは〝破綻〟の物語である。

その破綻の理由を、〝場所の特定可能性〟と〝死者の特定不可能性〟とのズレに見いだすこともできるだろう。

遺骨を収集して、〝本来の祀られるべき場所〟に収めるという行為は、遺体の個別性・特定可能性（身元）が確保されてはじめて、可能になる。その遺体を探しあてるための手がかりは、〝場所の同一性〟である。そして和恵は、「確かにその場所に埋めたことを記憶している」。ところがその場所からは、特定不能な他者の骨が現れる。どこに埋めたのかは明らかであっても、誰が誰なのかは見極められない。この落差に、和恵たちは躓いてしまうのである。

ここでの人々の企ては、そのひとつの位相において、沖縄戦がもたらした大量の犠牲者（その遺骨）を、無名の集合的な状態から引き上げ、一人ひとりの身元を明らかにして供養し直すことであった。そのようにして死者は、特定の家の先祖として、象徴的秩序の中に祀られなければならないのである。しかし、同時にそれは、死者たちの置かれるべき場所をめぐる葛藤の現れでもある。前述のように、遺骨を収集して、墓に収めようとする和恵のふるまいは、死者たちの亡骸が安置されるべき場所のプライオリティに関わるひとつの前提の上に成り立っていた。だが、持ち帰るべきその遺骨が見いだされない以上、和恵たち遺族の思いは、この場所につなぎとめられるしかない。この埋葬場の「跡」が、追悼と慰霊の場であり続けることになる。

この二つの側面は、互いに切り離すことができないものとして、作品の終盤に語られた和恵の認識の転換の中に現れてくる。土中から掘り起こされた骨が誰のものであるかも分からないという事態に直面した時、和恵は「目の前にある遺骨のみんなが可哀想」（六三頁）という思いにとらわれる。

大きな頭蓋骨が、孝子であってもいいし、孝子でなくてもいい。そんな気がしていた。二つの遺骨には、それぞれの生活があり、愛する家族がいたはずだ。哀れイクサ世《ユ》でこのようになってしまい、三十八年間もひとところに埋められたままだったのだ。なんだか、それだけで、も

う十分に悲しかった。(六三頁)

そして、この悲しみを契機として、「母と妹の遺骨」を「識別することが、それほど重要なことではないような気」(六四頁)になる。個別の死者を選り分けてそれぞれのあるべき場所に連れ帰ることよりも、目の前に現れたすべての亡骸について霊を慰めることのほうが、大事な課題になっていく(和恵は、「村当局」が「盛大な合同慰霊祭を行う」(六五頁)と発表したことを歓迎している)。祭祀の対象が、個としての死者から、より集合的な存在に移っている(あるいは、集合的な無名の死者たちをそのまま受け止めようとしている)のである。

さらに、この姿勢の転換と同時に、和恵の体の中から、様々な記憶の痛みが沸きあがってくる(私たちはここで、「和恵の身体に、まだ砲弾の破片がいくつか残っている」(三六頁)ことを想起しておかねばならない。文字通りの意味で〝傷ついた〟存在である和恵においては、身体もまた記憶の痕跡をとどめる場所である)。

和恵の体内で、痛みが疼き出した。戦争は、いつまでも戦後を作らない。いつまでも、戦場のままなのだ……。(六五頁)

物語の核心を表現するこの言葉は、この埋葬場から掘り起こされた誰のものとも分からない無数の亡骸と、体内に戦闘の痕跡を宿した和恵の身体との呼応によって浮かび上がってきたように見える。〝死者の土地〟と〝記憶の場所としての身体〟の共鳴。その中で、和恵は、沸き上がってくる様々な記憶と闘っている。ただしそこには、それを「封印しなければならない」という思いと、「忘れてはならない」という思いとが、同時に呼び起こされている。この相矛盾する要求をともに受け止めることによって、彼女は、「遺骨を持ち帰る」という企てを断念するにいたる。そうすることによって「記憶を断ち切る」のは間違ったことだと、その身体を通じて認識していくのである。

和恵は、母さんや孝子の遺骨を持ち帰るためにやって来た。それは確かなことだ。しかし、それは、なんのためだったのだろうか。記憶を断ち切るためだったとすれば、それは間違いではなかったか。(六六頁)

「母さんや孝子」は、識別不能な無数の「遺骨」に紛れて、「ここ」に眠っている。複数の死者がひとつに融け合って集合的な存在となるわけではないとしても、そこでは個体は同一性を失い、互いに入れ替わり可能な存在として現れる。だから、目の前に現れた骨は、「孝子であってもいいし、孝子でなくてもいい」のだ。

物語の最後に、和恵たちの傍らで、突然一人の女が「死者の霊」に取り憑かれ、「カミダーリ(神懸かり)」の状態となる場面がある。この時、和恵はこの女が振り乱している「長い髪」に「母の姿」を見ている。そこに、「母の匂い」、「母の息遣い」さえ感じとっている。身元も知らぬ「死者の霊」

が、誰とも知らぬ女の体に宿り、そこに「母」は現れる。不特定のものとなった死者たちは、代替可能な複数の存在として、この場所のいたるところに姿を見せるのである。[2]

（2）「ヌジファ」

第二話の表題となっている「ヌジファ」とは、「遺骨や遺体を移す場合に、その場所に霊魂が残らないように祭る」ことを言う。それは、死者の体と魂が離ればなれにならないようにという配慮と、土地に死者の念が残ってしまうことを忌む思いから生まれた儀礼であろう。そうであるとすれば、そこには死者の魂とその亡骸の置かれた場所との濃密な結びつきが想定されていることになる。霊魂は、その肉体を離れて、死に倒れた土地に宿る（あるいは、とらわれる）のである。

この物語では、視点人物となる正樹とその家族が、戦時下のパラオで没した長兄・俊一の霊を、ユタの力を借りて、沖縄に連れて帰るまでを描いている。すでにその遺骨は持ち帰られ、「ちゃんと郷里の墓に埋葬」されているのだが、「俊一のマブイ」は「まだ、パラオに残っていて、成仏できずに彷徨《さまよ》っている」（七〇頁）のだとユタは告げる。次兄の「俊夫が病気になって入院したり、体調が優れない」のも、「チャッチウシクミ」している――死んだ長男を粗末にしている――からである。「その土地に縛られているマブイを解き放つ」（七〇頁）ために「スゥーカーワタイのウガン」、すなわち「海を隔てて死んだ人のマブイを呼び戻す」（七五頁）ための祈禱が必要だというのである。

正樹は、このユタの「ハンジ」を、にわかには受け入れがたいと感じつつも、一方では、その言い分にも「理屈は通っている」し、「体調の優れない俊夫のことを考えると、むげに断ること も出来ない」（七七頁）とも思う。そして、「俊夫と義姉がそのように望んでいるのであれば」、自分も「一緒について行き、是非、ヌジファを見届けたい」（七九頁）と考えるようになる。こうして、死者の魂を土地の呪縛から解放するための儀礼の旅が企てられるのである。

日常的には必ずしも強く信じられていない民俗的―宗教的な現実理解の様式が、このような形で彼の心に浸透し、行動へと駆り立てていくのは何故だろうか。それは、目前の不幸や困難に“理由”を与え、これを乗り越えていくための“手段”を提示する枠組として役立つからなのだが、これだけではまだ十分に説明がつかない。それと同時に、正樹とその家族の生活史の中にあって、この儀礼の対象となる土地・パラオが、たまたま兄・俊一の亡くなった異国の地というにはとどまらない、情緒的な意味を担う場所であったことを見ておかねばならない。

正樹たちの父親は、母と結婚した後、教員として生活していたが、昭和十四年（一九三九年）、「南洋庁の農業技師として家族を引き連れてパラオに渡っ」た。その二年後（昭和十六年）、コロールの公学校の教師として現地採用される。「二人の姉は、当時十歳にも満たなかったが、豊かな自然の中で手をつないで遊び回り、異国の人に可愛がられて育ったのだ」（九八頁）。しかし、やがて「戦争の嵐」がこの島にも押し寄せ、現地で生まれた俊一は、「三歳の誕生日を迎える直前に風邪をこじらせて死んでしまう」（九八頁）。さらに数年後、父は召兵され、母は子どもたちの手をひいて、ジャングルの中を逃げまどうことになる。父は戦地で病いに倒れ、ジャングルの中の野戦病院で、「猿のように痩せた」（九九頁）姿を見せる。その幸福と災禍の双方の記憶を宿した場所として「パラオ」は語られている。[3]
そのパラオに正樹たちが渡るのは、「ヌジファ」の儀礼の旅が二度目のことである。これに先立って、彼らは、まだ存命であった「母を連れて」、「姉弟皆で」この地を訪ねている。「現地のガイドに案内して」もらいながら、「姉たちの住んでいた官舎跡、俊一兄を祀った南洋神社、そして、戦時中、家族が身を潜めて住んでいたという小さなアイミリーキ村を」（九六頁）訪ねることが、その目的であった。それは、過去の生活の痕跡を訪ね歩き、この島での家族の物語をたどり直す旅である。

そのような形で、家族が集まり、パラオを再訪することを思い立ったのは、すでに「呆け」始めていた母の「記憶を取り戻せるのではないか」（九七頁）という期待があったからだ。「呆けた母の現実を信じたくないばかりに、そのような旅を思い立ったのだ」（九七頁）。それは、見方を変えれば、母の「呆け」をこの地での生活の記憶と結びつけて解釈しようとする姿勢、あるいは、その「狂気」（九四頁）を島での生活との断絶に帰属させようとする姿勢の現れでもある。家族の中には、幸福な想い出とともに、この地での災厄の経験がトラウマ的な記憶として残存している。一度目のパラオ行きは、敗戦によって暴力的に断ち切られた生活の歴史をつなぎ直すための旅。物語の修復による〝治癒〟の試みであったと言えるだろう。

ともあれ、パラオはすでに、家族の生活史の中で〝物語的な負荷を帯びた場所〟であった。私たちはここで、この島を訪れる正樹たち（とりわけその姉たち）のまなざしが、郷愁の感情に彩られていることに着目してよいだろう。

パラオにも、確かに戦後五十年余の歳月が流れたはずなのに、時間は止まっていたかのように感じられた。戦後の復興と資本主義経済の繁栄は、この地にはまるで関係がなかったかのように歳月が重ねられていた。バスや電車もなく、交通信号機は島内で一か所だけ。四階以上の建物もまったくないというのが、ルビーさんの説明だった。

人々は、ぽつりぽつりと散在する三角屋根の質素な建物の下で、ゆったりとくつろいでいた。樹の陰には、旧日本軍の戦車の残骸だと思われる赤錆びた砲身さえ見えた。二人の姉は、当時と変わらない多くの風景に感慨深そうに見入っていた。（九六―九七頁）

コロールの学校跡や官舎跡に近づくと、頼子は感慨深そうに思い出の風景を語り始めた。窓の外の景色を眺めながら、徐々に記憶も蘇ってきているようだ。ライトバンが止まるのも、もどかしそうに、すぐに父の遺影を抱いて飛び降りた。四方八方に駆け出しては、感激の声を上げた。美登子も、手招きされるがままに頼子の元へ駆け出した。（一〇一頁）

〝植民地ノスタルジー〟と呼んで、おそらくはさしつかえない。[4] 目前には明らかに支配と戦争の痕跡が露わになっているのであるが、正樹の姉たちにとっては、それもまた懐かしさとともに眺め返される〝生活の跡〟にほかならない。それは潰えてしまった夢の痕跡であるようにも見える。そしてこの場面でもまた、人々にとっては、場所を特定することが大切になっている。

「ここ、ここよ。あったわよ！　官舎跡よ！」
（…）
「ここが、私たちの住んでいた場所なのよ……」
「ほらほら、防空壕跡もあるよ。ほら、ここにはっきりと……。お父さんが、床下に掘ったのよ……」（一〇一頁）

くり返される「ここ」という言葉。過去を呼び起こすためには、かつていた場所と正確に同じ地点に立つことが求められているかのようだ。自分たちがその場所に帰ってきたことが、この言葉によって確認されている。

しかしこの時は、その場所に立って、線香をともし、手を合わせても、「母の記憶は、やはり戻らなかった」（一〇三頁）。場所への回帰による記憶の回復の試みは、果たされずに終わるのである。

さて、この一回目のパラオ再訪が、断ち切られた記憶をつなぎ直そうとする旅であったとすれば、二度目は、その地につなぎとめられていたものを切断するための訪島であったと言えるだろう。

パラオまで家族に同行したユタ・天願キヨは、かつて（日本の統治時代に）神社の建てられていた場所（南洋神社跡）において、「ヌジファ」の「ウガン」を唱える。正樹たち一行は、「沖縄から持ってきたウチャヌク（餅）、アレーミハナ（洗った米）、カラミハナ（米）、泡盛、線香、ウチカビ（紙銭）などを御膳に乗せ」（一〇九頁）、その後ろにしゃがみ、手を合わせる。長い祈りのあと、キヨはその儀礼のもつ意味を、人々に語って聞かせる。すなわち「ヌジファのウガン」は「生きている人間が役所でする移動手続きと同じようなもの」で、「これが済まないと、何年経っても神から霊界へ移動したことが認められない」。そのためには「今までマブイがいた場所でウガンをして、どこそこへ移動しますので、マブイもここから抜き取らせてください、この線香に乗り移ってください」と祈る。そして、「マブイが乗り移ったら」「線香の火を途中で消して」おき、「今まで祀ってくれた土地の神仏に感謝」をして、「次に新しく祀る場所に行って、マブイの移動の報告をする」のであると（一一〇頁）。その丁重な手続きを経てはじめて、死者の魂は、死地の呪縛から解き放たれ、「郷里へ帰る」ことができるのである。

しかし、この場所での「ヌジファ」の終了の報告と同時に、天願キヨは、この土地に「一緒に連れていってもらいたがっているマブイがたくさんいる」、「可哀想に、みんな沖縄に帰りたがっているよ」（一一一頁）と告げる。ユタの目を通して見た時、この島は「郷里に帰れなかったマブイ」がたくさん彷徨っている場所へと、その相貌を変えることになる。

この儀礼のあと家族は、「戦時中に身を潜めた」アイミリーキ村を、さらには再び官舎跡や日本人墓地を訪ねて歩く。しかしそれは、今回が「最後」の訪問であることを、皆が意識した上での行動であった。「たぶん、もう二度とパラオを訪れることはないだろう」（一一三頁）と正樹は思っている。

そして、帰路につく飛行機の中、正樹は「見えなくなった島を見ようとして」、その機窓ににじり寄る。しかし、「窓の外からは、もうパラオの島は、どこにも見えなかった」（一一六頁）。兄が命を落とした島が、その視界から消えてゆくことで、この物語は閉ざされている。

（3）「サナカ、カサナ、サカナ」

第三話を、場所をめぐる物語として読み通すのは、いささか強引な試みだと言うべきかもしれない。それは、作品の主題的な中心をたどる作業ではなく、その周辺的な意味の摘出にとどまることになるだろう。しかし、少なくともそのひとつの位相において、物語は確実に記憶と場所とのつながりを問い直している。

この作品では、娘・紀和子と米兵・ジョージとの結婚を受け入れることができない父親・徹雄の葛藤が描かれている。自らの父・徹次郎や弟・徹治《てつじ》を沖縄戦の最中に亡くした徹雄は、「戦争が終わってから、もう五十余年にもなる」（一五八頁）今となっても、その記憶にとらわれ、こだわり続けている。「戦後、沖縄に居座り続けた米軍に対しても好感は持て」ず、「むしろ憎み続けていた」（一三一頁）彼は、父や兄弟や「たくさんの同胞を殺した敵国の人」（一四六頁）と自分の娘とが結ばれることを認められないのである。

父親を殺した戦争。叔父が戦死し、弟の徹治《てつじ》が死んだ戦争。その後、居座り続ける米軍。今、また米軍の兵士に娘が奪われる。こんな理不尽なことがあっていいものか……（一三〇頁）

しかし、沖縄戦に従軍した米兵・リチャードの訪問によって徹雄の態度は変化していく。リチャードは、徹次郎が携えていた家族の写真をもってやってきて、戦地においてやむをえず彼を殺すように命令したのだと徹雄たちに告白する。長い時間、その記憶に苦しみ続け、その思いを誠実に語ろうとするリチャードの姿に打たれ、徹雄は「父を殺せと命令した」相手を許し、長くわだかまっていた自分自身の気持ちを解きほぐしていく。そして、娘とジョージの関係を受け入れていくようになるのである。

この〝和解の物語〟の背景にも、これを脇から支えるように、死者の最期の場所をめぐる問題が横たわっている。父・徹次郎は、三十二歳の時にG村から出征していくのであるが、結局どこで最期を迎えたのかが分からずじまいになっている。当時、村の人々は、徹雄の母・マツを慰めながら、「徹次郎の戦死地は、県内のどこかであろうと噂しあ」う。それを聞いたマツも、「そうに違いない」と思い、「満州や、南洋の戦地も頭に浮かんだ」が、それを「慌てて打ち消し」ていく(一三六頁)。

それ以来、結局家族は、徹次郎の死地をつきとめることができず、もちろん遺骨も拾うことができないまま、五十年以上の年月を過ごしている。「父の骨壺には、父が戦死したと思われる本島南部の地摩文仁《まぶに》の浜辺の小石を入れている」(一六〇頁)。徹雄は遺骨探しについて「もう、諦めているよ」「もう無理だよ」(一六〇頁)と語っているが、その言葉にはかえって無念の思いがこもっている。〝最期の場所〟が分からないということが、残された家族にとって、解消されなければならない不規則な事態であることは言うまでもない。

しかし、これに加えて、先に見たマツの心中の言葉からは、その死地がせめて「沖縄」であってくれたらという願いを感じ取ることができる。「満州や南洋」でなければよい、「県内」であってくれたらいい。この思いは、死者がそこ（その内側）にいるべき、自分たちの土地の境界（死者と生者が共有するテリトリーのイメージ）が描かれる。〝沖縄の外〟で死を迎えるということが、別の意味で不規則なこととして語られているのである。

リチャードの来訪は、徹次郎の〝死に場所〟をめぐる葛藤に最終的な解決をもたらすわけではない。彼は「父の遺体を埋葬した場所」を「是非案内したい」と申し出るのだが、「当時の地形と現在とがあまりに違っていることに驚き、その場所を言い当てることが出来」ずに終わる。しかし、徹雄は「それで十分」（一八七頁）だと感じている。少なくとも、「摩文仁」の地で、父は米兵に撃たれて死に、この地に埋葬されている。それは確かである。そして、その死にまつわる敵対と怨念の感情はすでに払拭されている。場所の特定は、この作品では、最終的な問題とはならずに終わる。

他方、この作品においては、死者の記憶と場所とのつながりの中で、「海」という空間が占める象徴的な位置についても確認しておかねばならない。

父の徹次郎は、兵士として召集されるまでは、G村において唯一人、漁師として暮らしを立てていた。父の家系は「明治時代の半ばごろG村に移り住んだ寄留民であった」が、「この村にまったく土地を持っていなかった」ため「小作人のような生活を続け」「貧しかった」。徹次郎は「耕したくても耕す土地のない生活に嫌気がさして、漁師になった」（一四〇頁）と伝えられている。そして、息子の徹雄にとって、「父の記憶」はまず何より、「サバニ（小舟）の上で仁王立ちしている逞しい姿」（一四一頁）としてある。

父は、よく徹雄を連れて漁に出掛けた。父と一緒にサバニの上で毛布にくるまって夜を明かしたこともある。

夜中の黒い海が、ホタルイカの群れで一斉に光り出したり、昼中に海面を泳ぐシジャーの群れに出会って、それこそ手で掬うように次々と釣り上げたこともある。魔法のような出来事が次々と起こるのが海の生活だった。（一四一頁）

ウミンチュ（漁師）としての生活がそこから抜け出さなければならない「貧しさ」の形であったとしても、なお、父がその「短い一生」を過ごした「海」は、徹雄にとって特別な、どこか晴れやかな高揚感をともなった記憶を宿す場所である。おそらく、この作品全体を構造化する象徴的な二項対立の論理のもとで、「海」は、土地に縛られ、こだわって生きる人々（徹雄を含む）のどこか硬直的な生き方との対比において、〝解放〟と〝自由〟の場所、少なくとも開かれた可能性を宿した場所として機能している。徹雄は母・マツと一緒に戦後「わずかばかりの土地を耕し、野菜を植え、芋を植え」（一三〇頁）て生計をつないできたのであったが、未だに、生き残った弟・徹三とともに、小船を出し、釣りに出かけることがある。それが「たった二人だけ残された兄弟の、唯一の楽しみ」である。「ウミンチュの血」が「二人にも流れているのかもしれない」（一五七頁）と徹雄は感じている。そして、海の上で兄弟は、追想にふけり、思い出を語りあい、それぞれの思いを忌憚なく吐露し合う。そこは、日常生活の拘束から解かれた、例外的な場所となっている。

そして、「海」というトポスは、この作品において、過去へと結びつけられるだけでなく、未来に向けて開かれた場所にもなっている。

まず、海は紀和子とジョージの出会いの場所である。祖父・徹次郎の血をひいたせいか「幼いころから、海が好き」だった紀和子は、大学に入ると「すぐにマリンスポーツのクラブに入部」（一六五頁）する。そして、そのクラブが利用しているマリンショップでアメリカ兵・ジョージと出会うのである。ここでも、象徴的な配置において、二人の関係を認めることができない徹雄のこだわりに対して、「海」が新しい、開かれた関係を準備していると言える。

そして、物語の最後には、ようやくその二人とその子どもたちとの関係を回復した徹雄が、孫の手を引いて、海へと向かう場面が語られる。「大きくなったら、ウミンチュになるよ」というジョージ・ジュニアを抱き上げて、徹雄は海へと向かって歩き出す。「この島の記憶は、ジュニアに残るだろうか」（一九四頁）という感慨が湧き上がる。その目前に、波風が立ち、海面に魚がはねる。「海面は金色に輝やきながら、やはり一本の道を水平線の彼方まで造っている」（一九五頁）。こうして、タイトルワード（「サカナ」）と呼応しあいながら、未来への希望が「海」に託されて、物語は閉ざされていくのである。

（4）「K共同墓地死亡者名簿」

第四話は、再びG村の野戦病院に付設されていた共同墓地にまつわる物語である。

主人公＝語り手の登喜子は、その父の遺志を継いで、共同墓地の死亡者名簿を引き受け、「墓案内をしながら一人暮らしを続けている」（二四一頁）。戦争中、G村の野戦病院からは「次々と死者が出」（二〇三頁）て、登喜子の父と伯父は、遺体を埋葬するための坑《あな》を日々掘り続けていた。「それが当時の二人の仕事だった」（二〇四頁）。その中で父は、埋葬される死亡者の名簿を作成し、誰の遺体をどこに埋めたのかを記録していくことを思い立つ。それは父と伯父が、「ここ」を「仮の墓地」（二二一頁）と考えていたからである。いずれ遺骨は回収され、本来祀られるべき場所に移されなければならないものであった。そのために二人は、「赤い瓦」で墓標を作り、「瓦の裏面に死者の名前を墨で書き、その瓦を懐に抱かせるようにして埋葬」（二二一頁）していった。そして地上には、丸太を削って作られた「手作りの墓標」が立てられた。登喜子は、「父が夕日に照らされながら小さな墓標を立てている姿」（二〇八頁）を、記憶にとどめている。

しかし、その父は体が弱く、「戦争が終わってから四年目の暮れ」には、「風邪をこじらせて」（一九九頁）亡くなってしまう。臨終の床で父は母に、「K共同墓地のことは、よろしく頼むよ」、「死亡者名簿も、紛失してはいけないよ」、「文字が見えなくなったら、書き写してくれ」、「遺族の訪問」にも「精一杯の誠意で、応えるんだよ」（二二三頁）と言い残す。母もその思いを受け継ぎ、父の残した名簿を書き写し、墓地を訪れる人の世話をしながら、残りの人生を生きていく。そして、その母もすでに亡くなり（十三回忌を迎えようとしている）、その後は登喜子が一人で「名簿」

を預かっている。

G村において、「村人の墓は、先祖代々、海岸線の丘陵地に作られていた」。したがって共同墓地は「村人の遺体を埋葬する場所ではなく、米軍の野戦病院で死亡した人々を埋葬する場所」であった。「もっと正確に言うと、K共同墓地は、戦場で負傷した兵士や疲弊した民間人が、野戦病院を経て、遺体となって埋葬される墓地だった」(二一三―二一四頁)。大量の死体を次々と産出する巨大な装置としての総力戦――沖縄戦――の過酷な現実の帰結として、誰かが、多数の死者をどこかに埋める作業を担わなければならなかった。「K」はそのための場所であり、「父と伯父」は、おそらく偶然に、その作業をあてがわれた人であった。

その場所に投げ込まれた無数の死体について、一つひとつ、身元を確かめ、これを記録しておこうとする企て。それは(第一話のモチーフともなっていたように)、匿名の集合的な死者の中から、それぞれの名をもった個別の存在を救い上げようとする営みであり、その亡骸がそれぞれの村と親族の墓へと「帰る」ことを可能にするための準備でもあった。死者の身元を確保し、帰りつくべき場所への道を開いておくこと。「K共同墓地」は、それまでの〝仮〟の埋葬地にすぎないのである。

埋葬された〝場所の同一性〟と死者の〝身元の同一性〟を一致させておこうとする父の志は、相当の時間を経た後もなお、確かに受け継がれ、結果をもたらしていった。

父と伯父が赤い瓦に託した思惑は、見事に達成されたと言っていい。地上の丸太木の墓標と違い、多くは、黒々とした文字がそのまま刻まれたままで表れて、遺骨は回収された。赤い瓦の墓標は、遺骨を抱えるように、あるいは遺骨に抱えられるようにして、共に土の中で歳月を刻んでいたのだ。（二二一頁）

そして、「戦後五十年余が経った今でも」、「死亡者名簿を見せてくれと訪ねてくる人々」が絶えることがない。例えば、呆けはじめた母親が先の夫とのあいだにもうけた息子（「知念吉男」という名前が記録されている）の死に場所を探しにやってくる、比嘉という男がそうであるように。しかし、そうであればこそ他方で、この「仮の墓地」を守るという仕事は、その意志を引き継ごうとする人を、この場所に縛りつけることにもなる。実際登喜子は、ある時「恋仲」（二二八頁）になった男から、一緒に本土へ行こうと誘いを受けるのであるが、ただ本土へと出ていくための準備として結婚を急ぐ男の愛情を信じられず、また「母一人残して故郷を離れることも出来」（二二九頁）ずに、このプロポーズを断ってしまう。以来、「二度と華やいだ噂も、出来事も起こらな」（二三〇頁）いまま、すでに五十近い年齢になってしまった。

この場所を守り続ける登喜子の生き方は、アメリカ人・ダグラスと結婚してハワイに移り住んだ姉・和子との対照において際立ったものとなる。その和子は、父の三十三回忌、母の十三回忌を機に帰郷し、登喜子に対して、「そろそろハワイへおいでよ」と誘う。登喜子は言葉を濁しながらも、もし村の役場が名簿の管理を引き継いでくれるのであれば、これを委ねようかとも考えている。そこには、父や母の思いを受け継いで、墓地を守り続けようとする意志と、もうそろそろその呪縛から解き放たれて自分の生（戦後）を生きようとする意志とが、静かにせめぎ合っているように見える。そしてここでも、記憶へのこだわりと、記憶からの解放が、場所をめぐる葛藤として現れている。

死者の場所をめぐる葛藤

作品集に収められた四つの物語を、生者と死者の置かれている場所に着目しながら読み進めてきた。その全体をふり返って、物語を発動させ構造化する緊張や矛盾が、それぞれの場所のもつ意味との関係において、どのように生起しているのかを確認してみよう。

（1）まず、死者（その魂や遺体・遺骨）が〝本来あるべき場所〟と〝仮に置かれている場所〟との対立が、物語の起動をうながす緊張関係の基点となっているということ。G村の共同墓地は、かつてこの土地にあった野戦病院で亡くなった人々（「G米軍野戦病院跡辺り」における和恵の「母」と「妹」、「K共同墓地死亡者名簿」における「知念吉男」）にとっては、〝仮〟の埋葬場所であり、可能であるならば、親族の墓所に彼らの遺骨を移して供養をやり直さなければならない。他方において、G村は、ここに生活する人々にとっては、戦地において亡くなった人の魂や亡骸を連れ帰るべき場所でもある。「ヌジファ」では、パラオから亡くなった長男の魂（マブイ）を連れ帰ることが試みられる。「サナカ・カサナ・サカナ」では、どこで亡くなったのか分からない徹次郎の遺骨を探しだすことが課題となっている。いずれにしても、〝死地〟と（本来の）〝墓地〟との隔たりが問題として横たわっており、人々のあいだに場所をめぐる濃密な感情を呼び起こしているのである。

（2）しかし、〝故郷の村・親族の墓〟と〝戦地・野戦病院の共同墓地〟という対立だけでなく、〝沖縄〟と〝その外〟との境界も、死に場所（あるいは死者のいる場所）の問題として意味をもっている。「ヌジファ」において天願キヨは、パラオで命を落とした人々の魂が「みんな沖縄に帰りたがっているよ」と語っている。「サナカ・カササナ・サカナ」の中で、マツは、自分の夫（徹次郎）がせめて（「満州」や「南洋の戦線」ではなく）「県内のどこか」で戦死していることを願っている。物語の結末において、徹次郎の死んだ場所がはっきりこの場所と特定されなくとも、徹雄たちが一応の納得をするのは、それが摩文仁の地のどこかであるということが確認されたからであろう。死者の魂が「沖縄」にあることは確かなのである。

（3）この第二の水準においては、死者の帰属すべき土地として想定されているのは〝沖縄〟という大きな空間である。それは、第一の水準において語られる〝村〟と〝墓地〟という空間を包摂しつつ、これとは異なる共同体の輪郭を浮かび上がらせる。そして、この二重の空間的枠組みに対応して、〝集合的・無名の死者〟と〝個人的・身元をもった死者〟との対立関係が浮上してくるように思われる。

沖縄では、召集されて戦地に赴いた人々だけでなく、上陸してきた米軍の脅威を逃れて島の中を逃げまどった人々もまた、多くが、郷里の生活空間（村、シマ）を離れて命を落とすことになった。そのことは、人々が居住していた地域のいたるところに濃密な死の記憶を植えつけ（生活空間と戦跡との重層）、同時に、生き残った家族や近親者から見れば、誰がどこで亡くなったのかが分からないまま、〝死〟の現実を受け入れていかなければならないという事態を招来した。[5][6]身元の分からない亡骸は、ガマなどを利用した共同の埋葬所に収められ、集合的な祭祀の対象となっていった。[7]誰のものか分からない無数の遺骨を合同で祭祀する墓標は、沖縄戦の経験を、この土地に生きるすべての人に関わる集合的記憶として結晶化させる力をもつ。しかし、家族にとっては、そのような合祀の場所は（「沖縄戦戦没者」という集合的な存在を祀るだけでなく）特定の故人との関係をつなぎとめる私的な儀礼の場所でもあり続ける。死者との関係にまつわるこの二面性は、摩文仁の丘（平和祈念公園）に広がる刻銘碑「平和の礎」に典型的に表れている。沖縄戦において亡くなられた人[8]の一人ひとりの名が刻みこまれた石碑は、その全景においては、圧倒的なまでの数の人が命を奪われたこと（大量死の現実）を伝えるしるしであり、集合的な追悼の場所でもあるのだが、一人ひとりの刻銘の前に集まって、時に座りこんでいる人びとにとっては、〝故人〟と〝自分たち〟との固有の関係をつなぎとめる場所でもある。[9]

こうした、生者と死者の絆の多元的な空間的配置を背景に置いて見ると、『G米軍野戦病院跡辺り』に収められた物語の奥には、集合的な「沖縄戦」の経験に回収されない、それぞれの私的な物語を救い出そうとするモチーフがあることがあらためて見えてくる。家族の遺骨を掘り起こして一族の墓に戻そうとするふるまいも、それを可能にするように、一柱ずつの遺体の身元を示した墓碑を残そうとする（その当時の状況から見れば、過剰な）ふるまいも、死者を〝無名のもの〟

として、〝集合的〟に葬られたままの状態から救い出して、そこに固有の〝名〟を回復する企てであったと見ることができる。もちろん、その企てがすべて首尾よく進むわけではない。沖縄戦は、生活空間のいたるところに身元の知られぬ死者を生み出し、無名の遺骨を残し、他方で、身近な人の死地をいずことも知られぬ「どこか」に放置することになったのである。

ともあれ、死者の置かれている場所と本来置かれているべき場所とのズレの感覚が、故人の最期となった場所、その遺骨の置かれている場所、魂のつなぎとめられている場所に対する強い情動的なつながりを生み出している。そうした〝死者の場所〟へのこだわりと、不規則な状態からの解放への期待が緊張関係を生み出し、一連の物語を発動していると見ることができる（その緊張が、物語の最後にいたっても決して解除されることなく持続していることについては、あらためて確認するまでもないだろう）。

「野戦病院」という場所

では、記憶の空間のこうした多層的な交錯の中にあって、「G村」の「野戦病院跡」とはどのような意味を宿した場所としてあるのだろうか。

私たちはこの問いに接近していくために、一旦小説のテクストから離れ、現実の地理的空間に視点を移し、〝G村＝宜野座村〟の景観に目を向けてみよう。

かつて米軍の野戦病院が置かれていた国道三二九号沿いの土地は、工場や学校に利用されているほか、広々とした公園として整備されており、野球場や体育館などのスポーツ施設を配して緑豊かな空間が広がっている。その一画には「民俗博物館」が建てられ、野戦病院や共同墓地から収集された遺物もここに展示されている（作品に登場する「死亡者名簿」の現物もここに保存されている）。戦時の記憶を宿す物たちはこの「記憶の場」（ピエール・ノラ）に収容され、その外部の空間に立つ限り戦時の様子を示すしるしを見いだすことはできない。ガラマン岳も、穏やかな相貌を遠景に見せている。「野戦病院跡」は、表向きには、痕跡もなく一新された空間として、私たちの前に開けている。少なくとも筆者には、その場に立ってみても、直接に体感できることがあるわけではなく、もちろん想起しうる出来事があるわけでもない。しかし、野戦病院のテントや小屋が点在していた当時を知る人々や、ここで亡くなっていった人の縁者たちには、このらえどころもなく明るく広がった空間が、別様の場所として見えることもあるだろう。私（たち）としては、想起しうることの落差が生み出す景観の断絶に鈍感であり続けないように、想像力をめぐらせてみなければならない。そのためにも、周辺的な情報を総合して、この場所が沖縄戦という文脈の中でもっていた意味を考えてみることが必要だろう。

周知のように、沖縄本島への米軍の上陸作戦が開始されたのは、一九四五年四月一日のことであった。本島の北部、本部半島には、宇土武彦大佐率いる国頭支隊（独立混成第四四旅団第二歩兵隊）が待ち受けていたが、彼らに与えられた役割は「本部半島を確保して国頭郡名井に策動し、本島南部の主作戦を容易にする」こと、「遊撃戦を展開」し「軍主力方面特に中頭郡の飛行場地区の戦闘に協力する」こと、言い換えれば、日本軍の主力部隊が置かれていた中部・南部への米軍の侵攻を少しでも先送りすることでしかなかった。したがって彼らは、圧倒的な米軍の兵力を前にして、山中に身を隠しながらゲリラ戦を展開し、やがてはその部隊も散り散りになって撤退していくという状態に追い込まれていった。それ自体が本土上陸を先延ばしにするための「捨て石」であった沖縄戦の中で、さらに主力軍の壊滅を一日延ばしにするための捨て身の作戦。輿石正が言うように、「捨て石」のそのまた「捨て石」とも言うべき戦闘が行われたのが、北部（ヤンバル）であった（輿石正、二〇〇八年）。しかし、米軍はその北部地域を徐々に制圧し、来るべき「本土決戦」のための基地の建設に着手する。その中で、宜野座には米軍の保護下に入った難民が収容されるようになり、六月には「宜野座地区軍政府G6―59病院」として「野戦病院」が開設される。証言によれば、収容された負傷者の多くは「重症の民間人」であった。「病院は国道329号線（旧県道）を挟むように広がり、現在の宜野座小学校の地には、ABCDEとアルファベットで呼ばれた大型野戦テント群が並び、そのかたわらに調理場があった。一方、道向かいにも兵舎と避難小屋に囲まれるように病院のテント群があった。どのテントにも詰め込むように木製の折りたたみ簡易ベッドが並んでいた。／病院内は異臭を放っていた。／むし風呂のようなテントの中で、全身やけただれ手当を待つ者、ウジ虫が傷口からわいている者、ベッドの上で用をたす者、『ウーウー』と言葉にならない声の中をハエが飛びかっていた」（琉球新報社、一九九五年、二二一―二二三頁）。そして、「簡単な手当てさえも受けられず息を引き取る人は後を断たず、中には運ばれる途中で亡くなった人もいた。次々と死んで行く人は、病院近くの雑木林に埋葬され、やがてゴミのように捨てられていった」（同二二一頁）。

宜野座村の野戦病院とは、はじめから壊滅が予定されていた惨めな戦争に巻き込まれ、傷を負い、それでもまだ生きている住民たちが運び込まれていった場所である。「病院」とはいえ、十分な治療やケアの手段が準備されていたわけではなく、そこで命が尽きれば雑木林に掘られた坑《あな》に順に埋められていくだけ。そこにあったものは〝収容所の生〟に等しいものであったと言えるだろう。しかし、それは同時に、ここを生き延びればどうにか戦後の生が見えてくるような、出口の一歩手前の場所でもあったはずだ。そうであるとすれば、満足な手当ても受けられないままここで死んでいくということは、いったいどういう現実であったのかと思わざるをえない、そういう場所でもある。

再び小説のテクストに帰れば、戦時下の野戦病院の様子については、以下のような描写が見られる。

野戦病院へ運び込まれてくるのは、負傷者だけではなかった。戦争で疲弊した老弱男女の難民も混じっていた。あるいは、彼らも病人と呼べたかもしれない。皆一様に、痩せ細り、頬は落ち、衣服は汚れていた。それらの人々が、毎日、次々と中南部の激戦地から搬送されてきたのだ。中には運び込まれてくるトラックの中で、すでに死んでいる者もいた。

死亡すると、数日間、身元を確認するために、野戦病院横の遺体安置所に安置された。遺体安置所といっても、ただ屋根がついているだけの粗末な小屋で、常に腐臭が漂っていた。それを避けるために、中には遺族や身元が確認されないままに埋葬される遺体もあった。（二〇頁）

トラックに詰め込まれるようにして、次々と運ばれてくる負傷者。そして、命がなくなれば、腐乱する前に坑を掘って埋められてしまうだけの身体。そのような空間において、死者に対するにふさわしい敬意と礼節が保たれていたとは言いがたい。

この状況の中で、可能な限り死者の身元をつきとめ、その名前をとどめ、遺体の特定が可能であるように墓標を付して埋葬するというふるまいは、この〝収容所〟で亡くなっていく人に、一個の人としての、社会的存在としての固有性を回復しようとする試みであったようにも思われる。〝死体〟を処分するのではなく、それぞれに名をもち、それぞれの生活史を生きてきた人の〝遺体〟を埋葬する営み。その限りにおいて、死者を人間として見送ろうとすること。「K共同墓地死亡者名簿」に描かれた「父」の行動は、死者をただの死体として処理させるような、したがって生者もまたただの生体《ゾーエー》へと引き下げられてしまうような戦時的な空間に抗う身振りであった。

死者に身元を与えようとする静かな抵抗のふるまいは、土中に埋められた亡骸に、地上の人々に向けて発する〝声〟を与える。もちろんその〝声〟は、沈黙のうちに語られるしかない。しかし、それぞれの名を付されたまま〝仮〟の墓地に埋葬されている人々は、生き残っている人々への呼びかけをやめることがない。その声なき声は、例えば、登喜子の父がそれぞれの埋葬場所に建てた「墓標」に形をなして現れている。

私は、父が庭先で丸太木を削り、墓標を作っている姿を何度も見たことがある。否、それが、当時の日常の風景だった。

埋葬地には、日を重ねるにつれて、そんな墓標が増えていった。それは、男の子たちが遊んでいた竹馬の杭《くい》が並べられて、土に突き刺さったようにも見えた。しかし、時には、土の中から死者たちの腕が、ニョキニョキと芽を出して、空しく空を摑んでいるように見えた。（二〇八―二〇九頁）

無数につきたてられた、丸太を削って作られた墓標。それぞれの名が記されていたに違いないこの板木は、「芽」をだして「ニョキニョキ」と伸びていく「死者たちの腕」である。その腕が空しく何かを摑もうとしている。その静かな意思を感受しうるかどうかは、この光景を見る者の目に委ねられている。

樹木たち――死者の土地に根をはる文学

死者たちの意思は声高に語られるものではない。それは、地中から芽を出し、伸びあがり、静止する、植物的な形象のうちに凝縮される。そのような思いで、テクストを読み直してみると、それぞれの作品に印象的な植物、とりわけ樹木の影が描かれていることに気づく。

例えば、「G米軍野戦病院跡辺り」において、和恵たちがかつて暮らしていた知花村のガジュマルの樹。それは、ヨナミネの祖父が住んでいた家の傍らに生えていた樹である。和恵は、この米兵から、彼の父も同じ知花村出身だと告げられるのであるが、はじめは「ヨナミネ家のこと」

を想い出すことができない。しかし、話を重ねていくうちに、少しずつ「蒲助おじい」の記憶が蘇ってくる。「ヨナミネのおじいちゃんのことなら、私、知っているよ。大きなガジュマルの樹のある家に住んでいたよ」（二四頁）と和恵は小さな声で伝える。しかし、地図を頼りに父の生家を訪ねてみたというヨナミネによれば、すでにその家はなくなっていて、ただ樹だけが残っていたという。焼き払われたのか、砲撃によって破壊されてしまったのか、いずれにしても戦火によって奪われてしまった生活の場に、一本の樹木だけが立っている。それは、二人の出自の場所をつなぎとめる唯一のしるしとなっているのである。

「ヌジファ」においては、物語の最後にいたって（沖縄への帰途についた時点で）、正樹が、「パラオの街路樹として頻繁に見られたプルメリアの樹が、父の生前の庭に植えられ、大切に育てられていた」ことに気づく。「花の色が違っていたので、これまで気づかなかったが、同じ樹だ」。「父は、思い出の樹を庭に植えていたのだろうか」と正樹は思う。「その樹は、今、父の形見として、正樹の庭に移し替えられている」（二二五頁）。ここでも、「樹木」が、「パラオ」という戦時の生活の場所と現在の生活の場所を、ひそかに繋ぐ記憶の媒体となっている。

「サナカ、カサナ、サカナ」においても、ガジュマルの樹が家族の記憶を宿すものとして語られている。それは、徹雄の家の庭の隅に植えられている。「父」と「弟の徹治」と「母」の供養を兼ねた法事の席の後、「叔父の正徹《しょうてつ》」が「さわさわと音立てて揺れる」ガジュマルの樹を前に、徹雄と徹三に対して、語り始める。「あのガジュマルの樹はな、お父と一緒に叔父さんたちが植えたんだよ。この家を造った年にな。庭が寂しいもんだから、記念として、村外れにある大きな樹を移し植えたんだよ。お前たちは、よくその樹に登って遊んでいたよ。覚えているか？　徹三はどうだ？　覚えているか？」（一六一頁）。そう語りかけられて、徹雄は少しずつ幼少時の記憶を蘇らせていく。「そう言えば、そのようなことがあったような気もする。たしか、徹治も一緒に登ったのだ。樹の枝の間に、板を置いて火の見櫓《やぐら》を作って遊んだのだ。徹三は、まだ小さいので登らせてやらないと言うと、樹の下でいつまでも泣いていた……」（一六一頁）。ガジュマルの樹は、生者（徹雄・徹三）と死者（徹治）を繋ぐ記憶の依り代である。「庭の樹、一本にも語られる記憶や歴史があるのだ」と徹雄は思いながら、「大きく生い茂ったガジュマルの樹」（一六二頁）を見上げている。

「K共同墓地死亡者名簿」においては、亡くなった父の亡霊が、時には「庭の蜜柑《みかん》の木の前に立ち、高い梢を見上げている」（一九九頁）。ここでも、庭という場所、そして樹木というしるしが、死者と生者を繋ぐ絆となっている。そんな父の姿を見ながら、登喜子は「恐怖や不気味さ」を感じることもなく、むしろ「哀れで、可哀想」だと思う。「父は無言のままではあったが、必死で何かを訴えているようだった。そのことは分かったのだが、何を訴えているのかは分からなかった」（一九九頁）。声なき声をあげる死者の意思の現れる場所として、「父の亡霊」と「樹木」は一対の形象をなしているようにも思える。

この作品においては、物語の最後に再び「庭の樹」の描写が戻ってくる。しかし、それは一本の孤立した樹ではない。知念吉男の埋葬地に向かおうとする比嘉兄妹とその母親の姿を見送る登喜子は、自分の家の小さな庭に目を向けている。

玄関を出て、我が家の小さな庭に目をやる。母が大好きだった日々草の薄紅色の花が、咲き誇っている。魔除けのヒンプンの役割のために、父が植えた仏双華の緑の葉にも、真夏の太陽は、さんさんと降り注いでいる。私が植えた縁側のサルスベリの樹にも、小さな蕾が付いている。（二四三頁）

「私」が植えた「サルスベリの樹」は、母の好きだった「日々草」と父が植えた「仏双華」に囲まれて、いま日の光を浴び、蕾をつけようとしている。この三種の草木の姿が、「家族」の形象であることは言うまでもない。生者と死者は、ともにその家の庭において、草や樹として寄り添っている。その三者の「三」という数字が、比嘉兄妹とその母親の「三人」の数と一致していることも、シンメトリカルな配置において、「家族」の姿を象《かたど》っていると言えるだろう。こうして、この作品（群）が守ろうとするものが、家族の記憶であるということ。沖縄戦における死者とのつながりを、家族という私的な関係の中に取り戻そうとする物語であることが、確認されているように思える。

したがってここでは、家族の庭こそが記憶の場所である。

家族の庭に立つ樹木のような記憶。そのような姿においてはじめて、生き残った者は穏やかに死者を見上げ、見送ることができる。そんなメッセージを読むことはいささか感傷的な受け止め方であるだろうか。

「はじめに」において触れたように、大城貞俊はこの本の「あとがき」において、「沖縄の地で生まれ、沖縄の地で育ったことを、表現者としては僥倖のように思っている」（二四八—二四九頁）と記している。ここで作家が「僥倖」と呼んでいるのは、いたるところに死者が眠り、死者の記憶が宿り、死者との関わりにとどまり続ける以外に生き続けることのできない土地に生まれたということである。「沖縄の人々の生き方を凝視すればするほど、死者を忘れない土地の特質に出会う。虐《しいた》げられ、苦しめられ、悲しみの極致にいてもなお、死者との再生とも喩えるべき優しさを有している」（二四六頁）。ここで「死者との再生」（強調引用者）と記されていることに目を留めておこう。この地に生きるものが、その苦しみを超えて生きていくということは、死者とともに再生していくことにほかならない。それを大城は「優しさ」と呼んでいるのである。

大城は、死者たちの意思を声高に代弁しようとはしない。彼の言葉は、むしろ、死者の土地に根を張り、そこから「腕」を伸ばして空をつかもうとする「樹木」のように、私たちの前に静かに立っている。死者の土地に根を張る文学。その樹を静かに見上げるところから、私たちは、その「再生」への意思に耳を傾けるしかないのだろう。

【注】

1.『G米軍野戦病院跡辺り』については、沖縄における「戦後」の成り立ち難さを証言する作品として先にひとつの読解を試みた（鈴木智之、二〇〇八年）。
2．「土地」との関わりにおいて見れば、もうひとつの文脈を確認しておかねばならない。それは、和恵たちの家族と、日系二世のヨナミネが同じ村（知花村）の出身者だということにある。村を捨てて北部へと逃れてきた和恵たちの家族は、戦争によって故郷を奪われた離散民であり、ヨナミネは移民としてその故郷を離れていった別の意味での離散民である。そして、彼らの故郷の村は、米軍の攻撃によって跡形もなく破壊されてしまったことが告げられている。「G村」の「野戦病院」で出合った二組の離散民は、その「記憶」においてのみ繋がることのできる同郷人である。ヨナミネと和恵たちにあいだに生まれる親密性は、ひとつの土地の記憶に根ざしている。和恵たちにとって、ヨナミネの死は、故郷とのつながりをもう一度奪い取る出来事でもあった。
3．正樹は沖縄に引き揚げてきてから生まれた子どもであり、その体験を共有しているわけではない。しかし、「そんな怒濤のような歳月を、母たちはこの地で過ごしたのだ」（九九頁）という語りが正樹の視点からなされている。パラオでの体験は、家族の中に語り継がれている。
4．ここには、自らの認知図式の内に他者の土地を領有してしまう「植民者」の視線を見ることができる。
5．それはまた、沖縄の生活空間のいたるところに遺骨が眠っているということでもある。仲里効の言葉を借りれば、「沖縄は骨埋まる島、骨眠る島である。日々膨らんでいく開発現場だけでなく、戦後六五年も経つというのに居座り続ける普天間飛行場や嘉手納飛行場の滑走路の下にも多くの骨が埋まっていることは、当時を知る人たちによってつとに指摘されているところである」（仲里効、二〇一〇年、五頁）。もちろん、この骨の中には、住民のそれもあれば日本兵のそれもある。仲里は、骨となったあとでも、日本兵と住民は平等ではないと言う。そのように、死者と死者の関係が問われ続けなければならない状況が沖縄戦であったことを、私たちは認識し直さなければならない。

6．戦後の沖縄において多くのユタが誕生したひとつの背景には、「戦死者の死没地や死亡状況を知りたくても、その死を証言する者もなく遺骨すらも見つからない遺族の切実な感情」（北村毅、二〇〇九年、一二六頁）があったからだと言われる。

7．北村毅によれば、「沖縄戦では、日本側だけでも二〇万人近い人びと（その約半数が一般住民）が戦死したが、ほとんどの場合遺族のもとに遺骨すら還っていない。少なくとも数字上は、沖縄戦戦死者の九九％（約十八万四〇〇〇人）が「無名戦没者」と化し、その遺骨（遺灰）は国立沖縄戦没者墓苑に収められていった」。北村は、そのような事実を確認した上で、「これだけの数の死者が、その名を回復できず無縁化させられていったことは、はたして本当にどうしようもないことだったのだろうか」（北村毅、二〇一〇年、五五頁）と問う。「沖縄戦の遺族」は「戦場で行方不明になった家族が、どこで、どんなふうに死んでいったのか、誰もが切実に知りたがって」おり、「多くの遺族が、肉親の遺骨を手にできなかった心残りを口にする」（同五六頁）という。

8．「平和の礎」には、二四万七三四人（二〇〇八年六月時点）の戦死者の名が刻まれているが、ここには「沖縄戦で亡くなった人」のほかに、「十五年戦争中に沖縄県外で戦争が原因で死亡した沖縄県出身者の名前」が含まれている（北村毅、二〇〇九年、一二三四頁）。

9．北村毅は（「靖国」への合祀という対極的な帰結を一方に見据えながら）、ここに刻まれた「名」が、「個々の戦死者を総体としての戦死者に回収しない」こと、「戦死者の固有性を保たせつつ、生者の前に確固たる存在証明を証している」（同二四五頁）ことに強い意義を見いだしている。

【テクスト】

大城貞俊　二〇〇八年『G米軍野戦病院跡辺り』人文書館

【参考文献】

宜野座村誌編集委員会 編　一九八五年『宜野座米軍野戦病院集団埋葬地収骨報告書』宜野座村誌編集委員会

宜野座村誌編集委員会 編　一九八七年『宜野座村誌　第二巻・資料編1　移民・開墾・戦争体験』

宜野座村立博物館　二〇〇二年『宜野座村の歴史と文化』宜野座村教育委員会

比嘉豊光・西谷修 編　二〇一〇年『骨の戦世《イクサユ》　六十五年目の沖縄戦』岩波書店（岩波ブックレット　七九六）

北村毅　二〇〇九年『死者たちの戦後誌　沖縄戦跡をめぐる人々の記憶』御茶の水書房

北村毅　二〇一〇年「『戦死』を掘る」、比嘉豊光・西谷修 編　二〇一〇年『骨の戦世《イクサユ》　六十五年目の沖縄戦』岩波書店

仲里効　二〇一〇年「珊瑚のカケラをして糺しめよ」、比嘉豊光・西谷修 編　二〇一〇年『骨の戦世《イクサユ》　六十五年目の沖縄戦』岩波書店

七尾和晃　二〇一〇年『沖縄戦と民間人収容所　失われる記憶のルポルタージュ』原書房

Nora, Pierre 1984 *Les Lieux de mémoire*, toml., Gallimard.（谷川稔監訳『記憶の場　フランス国民意識の文化=社会史』岩波書店、二〇〇二年）

琉球新報社 編　一九九五年『証言・沖縄戦　戦禍を掘る』琉球新報社

下門鮎子　二〇〇八年「記憶の土、記憶の海」（『G米軍野戦病院跡辺り』書評）、『琉球新報』二〇〇八年六月八日
鈴木智之　二〇〇八年「始まろうとしない『戦後』の日々を――大城貞俊『G米軍野戦病院跡辺り』（二〇〇八年）における『沖縄戦の記憶』の現在――」、『社会志林』五五巻・三号、法政大学社会学部学会（→加藤宏・武山梅乗 編　二〇一〇年『戦後・小説・沖縄　文学が語る「島」の現実』鼎書房）
渡邊欣雄・勝野宣勝・佐藤壮広・塩月亮子・宮下克也 編　二〇〇八年『沖縄民俗辞典』吉川弘文館
〈ヴィデオ資料〉
輿石正　二〇〇八年『未決・沖縄戦』じんぶん企画

第3章　死者とともに生きる人々の物語
――作品集『島影』、『樹響』における生の形

二〇一三年から二〇一四年にかけて上・下二巻にわたって刊行された作品集（『島影　慶良間や見いゆしが』と『樹響　でいご村から』）では、あわせて八篇の小説を読むことができる（『島影』には「慶良間や見いゆしが」「彼岸からの声」「パラオの青い空」「ペットの葬儀屋」、『樹響』には「鎮魂　別れてぃどぃちゅる」「加世子の村」「ハンバーガーボブ」「でいご村から」の各四篇が収められている）。物語の舞台は、戦時期から現代までの沖縄、那覇からヤンバルの村や離島、さらにはパラオにまで広がり多様であるが、いずれも「沖縄の戦後」を生きる人々の姿を描いている。しかし、全作品を通読してみた時、まず何よりも強く印象づけられるのは、作品のいたるところに登場する死者の数のおびただしさとその存在感である。

生を描こうとすれば死者たちとの関わりを描かなければならない。あるいはそれは普遍的な人間の条件であると言えるのかもしれない。私が今ここにあるということが、どのような者たちの、どのような死の贖いの上にあるのかを思うことなくして、誰も本当の意味で生の現実を語ることはできないからである。しかし、この作品集においては、今ある者が先に逝った者たちの恩恵の

上に生きているというような穏やかな関係が語られているわけではない。生者と死者は、もっと抜き差しならない、切迫した関わりの中にあるように見える。

しかし、このように死に隣接した人々の生活が語られていく一方で、それぞれの物語は、非常に生きいきとした人々の暮らしぶりを、ある種の快活さとともに描き出してもいる。死の遍在と生の歓び。ともすれば相容れないようにも思われるこの二つの要素が共在しているところに、この作品集の、ひいては大城貞俊の小説世界の特徴があると言うことができるだろう。ここには、死者とともに生きる人々の物語が語られているのである。

では、作品空間のいたるところに語られる〝死〟は、いったい何を物語ろうとしているのか。そして、死者たちとの濃密な関わりの中で経験される〝生〟の形とはどのようなものなのか。それを考えながら、二冊の作品集を読み直してみたいと思う。

戦死者と自殺者

物語の中に現れるおびただしい数の死者たち。その中には、病いによって亡くなった人も、事故によって命を落とした人もいる。そして、言うまでもなく、沖縄戦下において、兵士として、あるいは住民として戦火に巻き込まれた者たち（戦死者）が数多く含まれる。しかし、それとともに、複数の作品の中で反復的に描き出されるのは、自ら命を絶っていった者たち（自殺者）の姿である。まずは、その事実を作品ごとに確認しておこう。

「慶良間や見いゆしが」では、那覇で教員をしている清志のもとに、祖父の自殺を告げる電話がかかってくるところから物語が始まる。

「彼岸からの声」では、敬治という男に、奥間キヨという女のマブイが語りかけている。キヨは、沖縄戦下、日本軍の兵隊とともに壕において自決した遊女であった。

「パラオの青い空」は、老女である「私」の一人称の語りによって進んでいくが、「私」の夫は二十年ほど前に突然自宅の梁に縄をかけて、自殺して果てている。

「ペットの葬儀屋」では、「ペットの葬祭業」を経営する男・洋蔵の二人目の妻が自殺したとされている。

「鎮魂　別れてぃどいちゅる」では、主人公・正夫を小さい頃にかわいがってくれた「一夫兄ぃ」が、やはり自宅で縊死している。

「加世子の村」では、大学に進んだ「ぼく（謙太）」が出会った聡明な女・涼子が自殺してしまう。

「ハンバーガーボブ」では、主人公のひとりサユリが、マンションの風呂場で手首を切る（これは未遂に終わり、彼女は命を取り留める）。

「でいご村から」では、結婚の約束を交わしていた男・喜一が戦死し、その後に嫁いだ男・梅吉の暴力を逃れてきた女・沙代が自殺を図る（叔父である喜助に止められて、これもまた未遂に終わる）。

大城の小説には、それ以前にも、突然（と周囲の人の目には見える形で）自らの命を絶ってしまう人物が登場している（『アトムたちの空』では、村に住む「寿代」という女性が「ゆうなの木」に縄をかけて自殺する。『記憶から記憶へ』所収の「ガンチョーケンジ」においても「ヤマハタのおじい」が突然自らの命を絶つ）が、それは物語の側線として触れられるエピソードにとどまっていた。しかし、ここにいたって自死という行為が主題的な位置に押し上げられてきたようにも見える。おそらくは、戦時下において非業の死を遂げた者たち（戦死者）と、戦後の生活の中で自ら命を絶った者たちとの関わりを考えることが、ここに収められた諸作品を読み解くためのひとつの手がかりとなる。こうした発想に立って、以下ではまず、自殺者との関わりが重要な位置を占めている作品（「慶良間や見いゆしが」「パラオの青い空」「鎮魂　別れてぃどいちゅる」「加世子の村」）に的を絞って、物語の構成をたどり直してみよう。

死の連鎖

（1）先送りされた「自決」としての自殺

「慶良間や見いゆしが」が、主人公の祖父・清治郎の自殺という出来事を通じて浮かび上がらせようとするのは、戦時下における集団自決の記憶である。清治郎が残したノートには、慶良間諸島のN島で起きた集団自決の様子が生々しく記されている。米軍を迎え撃つためにN島に配備された日本軍は、激しい艦砲射撃によって崩壊し、住民たちも戦火を逃れて山奥の壕へと逃げて行く。しかし、米軍の上陸が告げられ、「もう逃げきれない」と覚悟した人々は、自決を決意するにいたる。清治郎の一家も、互いの首に、あるいは自らの首に刃をあて、壕の中で次々と息絶えていく。しかし、清治郎と弟の二人は米軍の砲撃によって意識を失い、生き残ってしまうのである。

戦後、弟は中学を卒業したあと、突然姿を消し、消息を絶ってしまう。清治郎も、自分は死ぬべきであると思っていたが、同じような状況で集団自決を生き延び、やはり自殺をはかろうとしていた女・ウトに出会い、思わず「生きよ！　死んではいけない！」（上五〇頁）と叫ぶ。清治郎はその後ウトと結婚し、一人息子・清正を育てる。しかし、戦争終結から六十年を経て、清治郎は突然自ら命を絶つのである。

六十年の時の隔たりをおいて、清治郎が果たしたことは、〝先送りされた自決行為〟であったと言えるだろう。家族が互いに首を切って果てていくという凄惨な場面を生き残ってしまった子どもは、自分にはその後を生きる資格がないと感じている。ところが、同じように、自分の命を絶とうとしていた者の姿を前にして、「死んではいけない」と口にしてしまう。その矛盾した思いだけが、清治郎の命を長らえさせてきた。ウトと、そのあいだに設けた家族を生かすという〝務め〟を果たすための生活。清治郎の戦後は、ただウトを生かすためだけの時間、その役目を終えて家族のもとに行くまでの、自決の先送りの時間にほかならなかった。しかし、その務めから解放されれば、自分は〝自決〟しなければならない。それが彼を自死へと駆り立てるのである。

（2）植民地における戦時的暴力の残響

「パラオの青い空」においても、戦後の長い時間の経過の果てに、ひとりの男が、自らの命を絶って逝く。なぜ彼が死ななければならないのかについては、「慶良間や見いゆしが」ほど明晰な説明を与えていない。しかしそこにも戦時下の経験の記憶が強い磁力として働きかけていることは確かである。

作品は、すでに老いて、周囲からは呆けてしまっていると思われているひとりの女、「私」の独言によって進行していく。「私」の夫、「あんた」は、かつては沖縄の国民学校で働き、二人の娘を授かっていたが、パラオで事業を成功させていた兄に誘われるようにして沖縄を離れ、現地で公学校の教員となる。パラオでは広い官舎に住んで豊かな生活を送り、やがて長男の信一が生まれる。しかし、この信一は二歳になった頃、海で溺れて命を落としてしまう。さらに、戦局が進み、夫は兵士として召集され、家族ともどもかろうじて生き延びて、終戦を迎えることができる。

戦後は沖縄に引き揚げ、夫は郷里の学校で、再び教師として働き始める。夫婦には信治、信哉、信彦という三人の息子が生まれる。生活は苦しかったが、「私」はそれを「幸せ」な暮らしだと感じていた。ところが、子どもたちが成長し、教師の職を辞した直後に夫は自宅で首をくくって死んでしまう。

それからもう「二十年余り」が経った今も、「どうしてあんたは自殺なんかしたのか」、「まだ理由が分からない」(上一四八頁)と「私」は語る。「なぜ」を問い続けながら「一人で生き続けてきた「私」が、今、娘たちに連れられて再びパラオの地にやってきているのである。

「あんた」の死の理由は、直接的には語られていない。しかし、その背後にパラオ時代の体験が影を落としていることが示唆される。官舎に住み、現地の若者テークとサムエルを「ボーイ」として雇って暮らしていた頃。二人の若者はよく働き、娘たちも彼らになつき、現地での生活は「順調にいく」(上一七一頁)ように思われた。しかし、それは次第に壊れていってしまう。夫がルビーという女と関係をもっているらしいと、サムエルが「私」に教えてくれる。夫は激しくサムエルを叱責し、解雇してしまう。この頃から「あんた」は人が変わったようになり、周囲には「得体の知れない商売人」や「ぎらついた目をした軍人たち」（上一七四頁）が増えていく。さらに、（これは作品の終盤になって告白されるのであるが）「私」がある日サムエルの兄に「乱暴」されるという事件が起きる。この時、サムエルの兄は、「ルビーを殺した日本人への仕返し」（上一九一頁）だと語る。

そして、従軍体験。連合軍の反撃が始まり、米軍の空爆が続く中、夫はパラオ諸島の防衛のために兵士として動員される。残された家族は、コロールの町を離れ、アイミリーキという村に避難して、ようやく生き延びる。夫がコロールの野戦病院に収容されていることを知った「私」は、二人の娘とともに会いに行く。しかし、「あんた」の相貌は、「一年余りの戦争の中で、すっかり変わって」しまっている。「頬がこけ、目が窪み、猿のように痩せ細り、ベッドに仰向けになって、マブイ（魂、タマシイ）を落としたように虚空を見つめて」（上一八四頁）いる。

「あんた」がパラオで何をしたのか、何を見たのかについては、これ以上語られない。「私」の目の届かないところに、夫の隠された体験が横たわっている。ルビーの死に関わるようなことを、夫はやったのかもしれない。あるいは、一年余りの従軍の期間に、筆舌に尽くしがたい何かに触れてしまったのかもしれない。しかし、いずれにしてもそれをすべて抱え込んだまま、「あんた」は沖縄に戻ってくる。そして、教員としての職務を全うした後、自殺してしまうのである。

ここにも、戦後長い時間にわたって抱え込まれた戦時の記憶が働きかけている。植民地における支配階層としての生活の記憶。それは（主観的な悪意の有無にかかわらず）加害的な暴力主体の位置に立つことであった。そして凄惨を極めた南島での戦闘の記憶。そこで日本軍の兵士であった夫が何を見たのかは示されない。しかし、その痕跡は「猿のように」痩せこけ、「マブイを落としたように虚空を見つめて」いるその相貌に浮かび上がっている。直接的な因果関係をたどることはできないとしても、夫の自死は戦時の暴力の残響の中に生じた出来事である。

（3）「生き残り」の死

戦時の暴力的経験が、時間的な隔たりを経て、人を死へと誘うという構図は、「鎮魂　別れてぃどいちゅる」にも反復される。ここでも（「慶良間や見いゆしが」と同じ）N島からやってきた若者が、ある日突然首をくくって死んでいく。その若者（一夫兄ィ）は、主人公・正夫が幼い日を過ごした沖縄本島北部の村に、一人で暮らしていた。一夫兄ィは、「戦争で家族を喪い、傷ついた脚を引きずるようにして、正夫たちの村に移り住んできた」（下五頁）。当時「三十歳ぐらい」。「定職に就くこともなく、庭に小さな菜園を作り、身を隠すように一人で暮らしていた」（下五頁）。戦争のことは何も話そうとしなかったが、「脚だけでなく、明らかに戦場で受けたと思われる傷が、一夫兄ィの身体には、至る所に残って」（下五頁）いる。村人はこの男を変人扱いし、子どもたちには近づかないように教えていたが、それにかまわず正夫は彼とすっかり仲良くなった。一夫兄ィも正夫を「マサ坊」と呼んでかわいがり、川釣りに連れて行くようになる。ところが、正夫が中学に上がって村を離れたその二年後、一夫兄ィが「自宅の梁《はり》に縄を掛け、首を括《くく》って死んでいる」（下八―九頁）のが見つかる。

この、自死の背景には、「慶良間や見いゆしが」の清治郎の場合と同様に、集団自決の記憶が働いている。「一夫兄ィ」が縊死を遂げた後、遺体を引き取りにきた親族が語った話として、彼の過去が明らかにされる。

一夫兄ィの身体の傷は、米軍の砲弾で傷ついたのではなかったのだ。家族皆で、殺し合って傷つけた痕跡であった。一夫兄ィは、父親と一緒になって、暗い洞穴の中で、母親、祖母、妹、そして最愛の妻と息子を殺したのだ。（下五四頁）

そして、戦後になって自分も死のうとして崖から飛び降りた時に、脚に傷を負うことになった。彼は「島で生きることに耐えられなくなって」、本島の村へと移り住んでくる。しかし、それから十余年後、「二度目の死」を決意することになる。これもやはり、集団自決の継続と言うべきだろう。ひとりだけ生き残ってしまった者が、その生に耐えきれず、自ら首をくくるという行為。そこに、「一夫兄ィ」の自死がある。

（4）「占領体制」の暴力

「加世子の村」は、大学入学前の一時期を沖縄本島北部の村で過ごした謙太、「ぼく」が、その村に暮らしていた少女・加世子のことを回想する形で進んでいくが、そののちの大学時代のエピソードの中に、涼子という女が登場する。

おりしも、政治運動の季節。涼子は、豊富な語彙と明晰な論理を駆使して、政治闘争に関わるべき理由を説く。謙太は、その涼子に惹かれながら、闘争には没入することができない。しかし同時に、二人は文学の話題を共有し、密かな親密性を育てていく。ところが、知りあってから二年目の冬に、涼子は自殺してしまう。その数週間前に、「ぼく」の部屋を訪ねて来て、夜を徹して好きな本やミュージシャンのことを語りあったばかりであった。

「ぼく」には、涼子の自殺の原因が分からない。しかし、その葬儀に参加して、「涼子の母親が米兵に犯され、殺された」こと、「父親」も「その後、自殺をしていた」(下一〇九頁)ことを聞かされる。「酷い人生、それを彼女は独りぼっちで必死に生きていた」(下一〇九頁)のだと「ぼく」は思う。その後「ぼく」は、「涼子を喪った悲しさと後悔から、いつまでも立ち直ることが出来ない。「無力感に打ちひしがれながら、残りの大学生活を、退廃した気分のまま過ごし続けた」(下一一〇頁)のである。

ここで作品化されたエピソードには、少なからず大城の大学時代の体験(闘争の季節の中で自らの命を絶った仲間への思いと、闘争に積極的にコミットすることのできなかった自己への忸怩たる思いについては、第1章を参照)が反映していると言えるだろう。しかし、あらためてこの作品集の中で「涼子」の死を位置づけてみると、沖縄の戦後を規定する〝暴力の反復〟が、一個人の命を(自殺という形で)飲み込んでいく過程を見ることができる。涼子の母親は、占領体制における、占領軍の兵士による土地の女に対する性暴力の犠牲者であり、その暴力の残響が父親を、さらには涼子を自死へと追い立てるという構図が見えてくる。死に至るまでの詳細が省かれることによって、逆にその構造的な因果関係が浮き彫りにされるような語られ方である。

矛盾としての戦後の生

ここまで、四篇の作品に絞って、登場人物の自殺に至るまでの経緯を見てきた。ひとまずの確認事項は、その人の自殺が周囲の人々の目からは、突然の思いがけない行為として見えていたこと、言い換えれば、至近の生活文脈には直接の原因となるような出来事が見いだされていないことにある。しかし、その背後には、戦時あるいは占領体制下における暴力の記憶が横たわっておリ、自殺は過去の出来事との(しばしば長い時間を隔てた)つながりの中で了解されなければならない。したがってそれらは、まったく了解不能な行為として現れるわけではない。しかしそれでも、残された者たちに「なぜ」という問いを突きつけ、それはそう簡単には解けない呪縛として影を落とす。

哲学者トーマス・アティッグが『死別の悲しみに向き合う』(一九九六年)において論じたように、親しき者の死は、残された者に「問題」ではなく、「謎」を提示する。人は、「問題」に対しては、何らかの合理的な思考によって対処し、これを解決するための行動を取りうる。しかし、「謎」は本質的に解消することのできない困難として、人々の生の中にとどまり続ける。その「謎」を結び目として、生きている者は死せる者との関わりを継続する。アティッグにおいて、それはすべての死別体験に通底するものとして語られていたが、親しき者による突然の自殺はより一層濃密な形で、生者をこうした死者との関係の中にとらえ続けるはずである。

せっかく戦争を生き延びながら、あるいは戦後に生を受けながら、ある日ふと（と傍目には見えるようにして）自らの命を絶っていく者たち。残された者は、そのわけを問いながら、じっと死者の立ち去ったあとの空間を凝視している。彼らは、死者の経験した過去を知り、あるいはそれを想い起こし、そこに手がかりを求めながら、死に至る物語の脈絡をたどり直そうとする。しかし、それによって残された「謎」が解消するわけではない。したがってまた、残された者たちも〝死の圏域〟に呼び込まれたまま、潜在的な〝死の連鎖〟を呼び起こしかねない世界に生きていくのである。[1]

そして、このように複数の作品を並列的に置いて見ると、ここに語られる自死の反復は単純に個別的（個人的な）出来事としてあるわけではなく、政治社会的に組織された構造的因果連関の中に生じたものであることが分かる。彼らの生を死の傍らに置き、向こう側の世界に呼び込んでいるのは、彼らの生きている土地〝沖縄〟に課せられてきた歴史的な条件にほかならない。そして、その〝死の連鎖〟の原点を指し示すかのように、沖縄戦下における集団自決の記憶が語られている。すでに見たように、「慶良間や見いゆしが」の清治郎とウト、「鎮魂　別れてぃどいちゅる」の一夫兄ィは、慶良間諸島の「N島」において自決した家族の生き残りとして設定されている。その他、「加世子の村」に登場する繁盛《ハンジョウ》という男の妻も、集団自決に関わった者として描かれる。「ハンバーガーボブ」の中心人物であるミキは（自決とのつながりこそ語られないものの）やはり「N島」の出身とされている。またその行為の文脈と質は異なっているが、「彼岸からの声」

で「マブイ」となって主人公に呼びかけている奥間キヨは、日本軍の軍人とともに壕において自決した遊女である。複数の「死」の物語を繋ぎ合わせる結節点に集団自決の記憶が置かれている、と言うことができるだろう。

　あらためて解説するまでもなく、慶良間諸島には、米軍の沖縄上陸に備えて、これを迎え撃つための軍が（特攻艇とともに）配備されていた。しかし、一九四五年三月、その島々に襲撃をかけてきた米軍の前に、日本軍はあっけなく崩壊し、兵士たちは司令官ともども山中に身を隠す事態となった。それと同時に、渡嘉敷島や座間味島や慶留間島では、「あえて虜囚の辱めを受けず」と教育された少なからぬ数の住民が、親しい者たちの命を奪い、自らもあとを追うような悲惨な自決行動を強いられることになる（謝花直美、二〇〇八年、林博史、二〇〇九年参照）。「N島」とは、これらのいくつかの島を統合して形象化したものである。

　この島で起こったことをいかに受け止めるか。それは、〝日本〟という国で生きている私たちに今も突きつけられている問いであるが[2]、沖縄の人々にとっても、容易に抜き取ることのできない棘として、その思想や心情の奥に突き刺さっている[3]。沖縄において〝戦後〟を生きるということの意味を問う時には、直接の関わりがあるか否かを問わず、しばしばその思考の起点にこの事件の記憶が避けがたく浮上してくる。誇張を恐れずに言えば、大城貞俊のこの作品集に登場する人物たちは、その意味でみな〝集団自決〟の生き残りなのである。家族や親しき者たちが互いの命を奪い、自らの命を絶っていくという出来事を生き延びてしまった者が、その後の日々の生活をいかに肯《うけが》うことができるのか。ここに語られた様々な物語の背後には、潜在的にせよそうした問いが投げかけられている。[4]

この時、最期には自らの命を絶って死んでいくということも、その問いを引き受けた上でのひとつの生き方なのだ、と言うことができるだろうか。それはいささか良識に反するものの見方であるように思われる。しかし、大城の語る物語は、ある位相においては確かに、そのようなメッセージを発している。特に「慶良間や見いゆしが」においては、清志の父・清正の口から、これまでずっと家族のために多くのことを我慢してきた清治郎が、「初めて自由になり、自分で選んだ生き方をした」（上六〇頁）結果が自殺であったという見方が示されている。それは、ウトの次のような言葉によってもまた裏打ちされる。

「おじいはね、私が死ぬのを待っていたんじゃないかね……。もう待ち切れなくて、自分から先に逝ったんだと思うよ。私は、それを知っていたから、意地でも生きたんだがねえ……」（上六九頁）

この作品は、突然祖父の死を告げられた清志が、「なぜ自殺などしたのだ」という問いに駆り立てられ、それまで隠されていた秘密に触れていく過程を描いている。しかし、それは単純に「祖父」と「祖母」が「集団自決の生き残り」であったという事実を知るということにはとどまらない。むしろ、集団自決の生き残りとして「戦後」を生き続けるとはどのようなことであるのかに触れ、その上で、自死に至る祖父の生を了解しようとするプロセスである。

清治郎は、戦時下においては「死ぬ」ことを強いられ、家族を殺すことを強いられながら、戦後においては、死を欲しつつも「生き続けなければならなかった」（上四八頁）。それは弟の世話をし、死んでいった家族を弔う責任を担っていたからであり、何よりもウトとの出会いによって、守るべき生命を抱え込んでしまったからである。「戦争の中で起こった出来事」であったとしても、自分の家族を自分の手にかけて殺した過去を消すことはできない。その罪と後悔の念のなかで、清治郎はずっと自らを〝死すべき者〟として意識してきた。しかし、そうであればこそ逆に、自分が得てしまった家族を捨てて死んでいくことはできない。どのような状況においても、「家族と一緒に力を合わせて、生きようとすべきだった」（上九二頁）。その思いが、一方では自らを死すべき罪人として責め立て、他方では家族とともに生き延びるべき責任を担わせる。その矛盾こそ清治郎の戦後なのであり、その帰結が、「初めて自ら選んだ生き方が、自ら死んでいくことである」という究極の矛盾として現れる。清志が残された日記を読み通して理解するにいたるのは、そのような祖父の生の形そのものにほかならない。

清志が、生徒の前で読み上げた手記には、次のように、その意志が記されている。

私は、もう思い残すことはありません。四十代、五十代、六十代と、その年代の始めごとに、死ぬことを考えましたが、実行出来ませんでした。そして、八十代、やっと実行出来る日がきたのです。

私の過去は消えるものではありません。たとえ戦争の中で起こった出来事とはいえ、このようなことをしてはいけなかったのです。家族と一緒に力を合わせて、生きようとすべきだったのです。

私は、一日も早く、両親の元に逝って謝りたいと思います。死をもって償いたいと思います。私には、いまだ古い日本人の体質が残っていることは、重々承知しています。しかし、これが戦後六十年、八十七歳まで生きた山城清治郎の人生の清算の仕方なのです……。（上九二頁）

家族の生を支えるという役割を全うした上で、八十代になってようやく、「死して罪を償う」ことができる。ある意味では、強い倫理的意識に裏打ちされた意志の遂行として清治郎の自死はある。清志は、この手記を読み上げるという行為を通じて、その必然を了解するにいたる。だからこそ、祖母・ウトもまた自ら死んでいこうとするのではないかという不安にとらわれる。ウトと清治郎は一対の意志を生きてきた。清治郎はウトを生かすために、ウトは清治郎を生かすために、自らの死を先送りしてきたのである。

清治郎の死に、ひとつの必然を見いだすということ、その必然を引き受けた上での〝意志の発露〟を見るということは、言うまでもないことだが、「自殺」あるいは「自決」という行為を美化するものではない。そうではなく、生きることそのものが矛盾であるという状態に人々を追い込んでいく戦時の生――あるいは、強いられた死の経験――を、戦後にいたっても長く人々を呪縛するものとして認識することが求められている。しかし、反復的に描き出される自殺を一括りに、これほど見事な決裁の行為として受け止めてしまってよいものかどうか、そこにはある種のためらいが生じる。

「パラオの青い空」における「あんた」の死についても、構図としては同型の文脈が示されている。ここでは、「集団自決」という過去とのつながりは語られないものの、やはり戦時下において何らかの暴力的行為に加担し、かつ同時に、極限的な戦場の暴力を経験した人間が、戦後長い時間を経て、家族の成長を見届けたのちに、自殺している。「鎮魂　わかれてぃどいちゅる」における一夫兄ィもまた、集団自決の生き残りである。彼は、家族を殺して生き残ってしまった自分の戦後の生を受け止めきれず、自ら縊れて死んでいってしまう。自死へと到る状況（条件）の相同性から、一面において私たちは、清治郎の死について語られた動機づけの説明を、「あんた」や「一夫兄ィ」にも投影して理解してみたくなる。

しかし、このあとの二つの作品では、死者は自らの言葉を残していない。なぜ死んでいかねばならないのかは語られぬまま、ある日突然、生活の場で自らの命を絶つ。その「無言」のふるまいの内に、また別様のリアリティが宿ることもまた事実である。ふと、死者の世界に飲み込まれるようにして、彼らは向う側へと旅立ってしまう。死者に呼び込まれる、あるいは死に飲み込まれる、という言葉遣いの方がしっくりくるところがある。そのような死についても、清治郎のそれのような、明確な動機づけを見ることが果たして適当であるかどうか。読み手は、そんな迷いの中に取り残される。

記憶の様々な継承

その動機がどのような形で言葉にされているにせよ（いないにせよ）、親しき者（祖父、夫、幼馴染み、憧れていた女）の自死は、残されたものに〝問い〟を突きつけずにはおかない。彼らを死へと導いた過去、あるいはその記憶の連鎖を、生き残った者としてどのように引き受けることができるのかが問われてしまうのである。

その課題を〝記憶の継承〟という言葉に括ることはできる。しかし、実際にその記憶を引き受けるとはどのようなふるまいであり、営みであるのか。これを具体的な形で語ることは、必ずしも容易ではない。では、各作品は、生き残った者のその後の受け止め方を、どのような形で描いているだろうか。

(1) 語り継ぐ

「慶良間や見いゆしが」においては、祖父の自殺とその背後に隠されていた「集団自決」の記憶を、主人公・清志が受け止め、〝語り継ぐ〟ことを決意するまでのプロセスが語られていく。当初、自殺の報を受けた清志は、「なぜ、おじいちゃんは自殺なんかしたんだろう。残される者の気持ちを考えただろうか」と、「悲しみ」と同時に「腹立たしい気持ち」（上八頁）を覚えていた。祖父が「遺書」として書き残した書状も、そっけなく感謝の言葉を綴っているだけで、「なぜ」という清志の疑問に答えるものではなかった。しかし、父がタンスの奥から見つけだした祖父の「ノート」には、清治郎の家族が自決に至るまでの過程、その後の生活とその経緯が事細かに記されている。清志はその内容の衝撃を、それほど簡単には受け止めきれない。

清志は、やはり茫然としていた。祖父の手記は、余りにも衝撃が強すぎた。慶良間の島々が集団自決の場所になったことは知っていた。しかし、身近な家族に、このような悲劇が訪れていたとは……。（上二三頁）

その事実を、戦後六十年後の祖父の自死という出来事に結びつけて、どのように理解することができるのか。ここに、筋立てを導く〝問い〟が設定されている。

清志は、学校の教員らしくと言うべきか、まずは正しく事実を知ろうと努める。図書室の資料をあたり、集団自決をもたらした沖縄戦の詳細についての知識を深めていく。その一方で、もうすぐ二人目の子どもが生まれようとしている自分の家族の「この幸せ」を守り続けることへの「決意」（上三八頁）をかためていく。

当然、父や母、祖父母にも、この瞬間があったはずだ。こんな日常の家族の幸せを奪うものがあるとすれば、やはりそれは許せない。祖父の葬儀に向かう行為は、家族のこの幸せを守り続ける決意に繋がるような気がした。脈絡のない思いだったが、こんな思いが溢れてきて、自然に目頭が熱くなった。（上三八頁）

ここでの清志の思いは、決して特異なものではない。だが、彼が〝戦争〟とその帰結としての

〝自決〟という行為を、〝家族の幸せ〟との対においてとらえていることに留意しておこう。すでに『椎の川』においてそうであったように、この作品においても、戦争と死の問題は、一貫して〝家族とともに生きる〟あるいは〝家族を生きる〟ということに結びついているのである。例えば、清治郎はその手記の中に次のように記している。

戦争って何だろう。家族を守るために、家族を奪われた。家族の幸せは、国家の幸せがあって成立する。国家を守ることが、すなわち、家族を守ることなのだと教わった。私は、このことを信じていた。世界の平和があって、日本の平和がある。琉球の平和があって、慶良間の平和がある。慶良間の平和があって、我がムンチュウ（一門）の平和があり、家族の平和があるのだと……。（上四六頁）

ここで清治郎が語る一種の家族国家観――家族、親族、地域、国、国家が同心円状の包摂関係に置かれ、それゆえに、家族を守るため、家族の平和のためという口実のもとに、国家への奉仕が正当化されるような言説空間――は、結果的に、家族が国家の捨て石となって、互いの命を奪い合うという「狂気」（上五〇頁）の事態をもたらす。「家族を守るために、家族を奪われる」という悲劇を生き延びてしまった清治郎は、その後ただ家族を（はじめは弟を、次はウトと息子を）生かすためだけに生を奉げることになる。清志が直面するのは、そのようにして守られた家族の末裔として、自分自身の生があるという事実であった。

その事実を受け止めるための行動。ここで清志は、祖父の経験を公のものとして明らかにし、語り継いでいくことを選択する。具体的には、まず、祖父の手記を活字にして刊行するということ。

祖父の手記を、何とか多くの人たちに読んでもらいたかった。手記は、祖父の遺書だ。その遺書は、強いられたものだ。戦争に翻弄された人間の悲鳴だ。祖父は、明らかに理不尽な戦争の被害者なのだ。幸せになることを拒み、六十年も死ぬことばかりを考えて生きてきたのだ。いや、このことは、祖父だけが背負ってきた苦しみではないような気がするのだ。（上八二頁）

そして、自分の祖父の自殺とその深層にある事実を、目の前の生徒たちに向かって自ら語り伝えるということ。「……実は、私の祖父は、自殺したのです」と、清志は教室において語り始める。

「祖父は、慶良間で起こった集団自決の生き残りだったのです。祖父は、このことを六十年間も考え続けて苦しんでいたのです。自ら手に掛けた家族へ謝りながら生き続けてきて……、そして今年、六十年前と同じ三月二十八日、自ら死を選んだのです」（八七頁）

ここでの清志のふるまいは、「集団自決」の記憶の継承を考えた時に、ひとつの模範的な、あるいは規範的な姿として受け止めることができる。「戦争の残酷さ」を伝え、尊い命の犠牲の上にある現在の生の大切さを語る言葉。〝記憶〟に向き合う、揺らぎのない姿勢。この作品には、こうした意味での〝継承主体〟の形成が描かれている（ここでは、自死に至る清治郎の姿勢の倫理性と、これを受け止める孫・清志の姿勢の倫理性が対をなすものとして語られているようにも見える）。

しかし、この規範的な姿勢の確立によって、すべてが引き受けられて、終わるわけではない。「慶良間や見いゆしが」においても、生徒たちを前に語り終えた清志が、突然ある不安にかられている。それは、祖母であるウトが清治郎のあとを追って死んでしまうのではないかという不安である。自分が祖父の手記をどのように継承すればよいのかにとらわれていた清志は、ウトの自殺という可能性に、うかつにも思いがおよんでいなかった。清志は、あわててN島に電話をかける。しかし、ウトがその電話に応えたかどうか、それは知らされないまま作品は閉ざされるのである。この少し不穏な余韻を残す締めくくりは、清志の家族（世界）の中に、彼の主体的な行動だけでは引き受けきれないものが残っていること、言い換えれば、自決という出来事に対するまったく別様の受け止め方がありうることを示唆しているようにも見える。

（2）遺志を受け継ぐ

「パラオの青い空」に語られるのは、その「別様の受け止め方」のひとつなのかもしれない。既述のようにここでは、二十年前に夫に先立たれた女が、かつてその夫と過ごした土地であるパラオを再訪し、自分とその家族の過去をふり返るという形で語りが進行していく。語り手「私」

は、いまだに夫「あんた」の自死の理由を確かな形では理解しえていない。

どうしてあんたは自殺なんかしたのか、私には、まだ理由が分からない。あんまり突然だったんで、私は、すっかり取り乱してしまったんだ。だって、そうでしょう。一緒に四十年近くも暮らしてきたのに、あんたが抱えていた闇を、私は見抜くことが出来なかったんだからね。本当に情けないよ……。（上一四八頁）

ある日の夕方、帰宅した家の中で、首を吊って死んでいる夫の姿を発見してしまった「私」は、「なぜ、私を置いて、一人だけで死んでしまったのか」と問う。そして、「悔しかった」「卑怯だと思った」、「ずるいと思った」と、まずは「疑問」と「憎しみ」の感情にとらわれる。そして、自分も「あんたの後を追いかけて、死ぬことばかり」を考えるようになる。しかし、「私」は、残される子供たちのことを考えると、どうしても死ぬことができなかった。そして、「不思議なこと」に、「日が経つにつれて、あんたの名誉を守るためにも生き続けねばならないと思うように」（上一五〇頁）なる。

家族を置いて自殺して逝った者の名誉を守るために、自分は生き続けなければならない。その論理を了解することは、必ずしも容易ではない。しかし、夫もまたおそらくは家族のために戦後の日々を生き続けねばならないと思っていたのであろう。そうであるとするならば、その夫が全うし切れずに残した課題を、彼女は引き継がざるをえない。「私」は、「一人では背負えないほどの問いかけ」を抱え込み、時には「寂しく」なって「オイ、オイと」泣き声を上げながら、「一人で生き続けるには、あまりにも長い二十年」（上一五〇―一五一頁）を生きてきたのである。しかし、彼女のその努力が、すべて報われたわけでもない。次男の信治は、夫が逝ってから半年後に「膵《すい》臓《ぞう》を患っている」（上一五四頁）ことが分かり、一年ほどの闘病を続けたのちに、亡くなってしまう。三男の信哉は、地元の大学を卒業し、教師としての道を歩み始めた矢先に「交通事故」で命を落としてしまう。すでに最初の子どもをパラオでの海の事故で喪っていた「私」は、三人の息子に先立たれることになる。残されたのは、二人の娘と末っ子の男の子（信彦）。死者と生者が同じ数になって拮抗している。「私」は、次々と訪れる家族の死（子どもと夫の死）を迎え入れながら、歳を重ねてきたのである。

そして今、彼女は、残された子どもたちに連れられてパラオの地に戻ってくる。そこで彼女は、沖縄からこの地へ移り住んでからの出来事を想起していく。それは、夫の死の背景にあったはずの〝過去〟を呼び戻す試み。その限りにおいて、〝突然の自死〟という不可解な行為に、（直接的な理由とは言えないまでも）生活史上の文脈を与え直そうとするふるまいである。先に見たように、そこには植民地支配と戦闘に関わる重層的な暴力の応酬がある。夫が使用人たちにふるった暴力（「サムエル」に対する夫の行動）、植民地の支配者が現地の人々にふるった暴力（おそらくはその帰結としてのルビーの死）、それに対する報復（サムエルの兄による「私」への性的暴力）、そして、島をめぐる激しい戦闘。その一連の暴力を経験してしまった「あんた」が、〝戦後〟の生活の中で抱え込んでいた「闇」。一見すると平穏な暮らしの底に、静かに張りついていた、語られざる記憶。それが「あんた」を死の世界へと呼びこんでいったのだと読める。では、今、生き残った「子どもたち」を育てあげ、周りからはもう〝呆けて〟しまったと見られている「私」は、その〝死の連鎖〟の記憶を呼び戻した上でどうすることができるのか。この作品は、最後に、「私」が「あんた」のあとを追って、「あの世」へと旅立とうとする場面を語って終わる。

あんた、すぐ逝くからね。両手を広げて迎えてよ。私は、やっぱり、あんたが大好きなんだからね。あんたと一緒に、もう一度、あの世で生きるんだから。想い出も一緒に持って逝くからね。もう一度、手元の薬を、数えるね。一つ、二つ、三つ、四つ、五つ……。（上一九五頁）

かくして、死者の記憶は、またひとり、生者を向こう側の世界に呼びよせる。ここでの「私」の死を幸福なものと受け止めるにせよ、不幸な最期と見るにせよ、〝死の連鎖〟が止んでいないことは間違いない。しかしながら、この「私」もまた「あんた」の死の記憶を彼女なりに引き受けようとしているのだと言えるだろう。「私」はただ単に夫のあとを追って逝こうとしているのではなく、「あんた」がやり遂げられなかった務め――家族の生を支えること――を終えてようやく、もう一度「あの世」で一緒になろうとしているのである（確かに、戦後に生を享けた子どもたちの内の二人は病気と事故によって亡くなってしまった。しかし、その死を受け止めることも含めて、「私」は母親としての生を全うしてきた）。これは、故人の意志（なお生きてゆくことの理由）を受け継いだ上での死である。その意味で、「私」の死は、「慶良間や見いゆしが」の清治郎、あるいはそのあとを追って死んでいこうとしている（のかもしれない）ウトのそれに近いものである。「私」もまた、（家族の存在ゆえに）夫の死後直ちに自らの命を絶つことを〝禁じられ〟ていた。その〝禁〟が解けたとき、彼女は残された最後の意志をふるって、「手元の薬」を数えていくのである。

（3）死者を弔う

「鎮魂　別れてぃどぃちゅる」の主人公・正夫は、沖縄本島中部のY町の葬儀場で火夫として働いている。彼は、高校を卒業後、米軍基地に勤務していたのだが、心臓の疾患のために手術を受け、その仕事の継続が困難になり、転職したのだった。

正夫の物語の中にも、数多くの死者が配置されている。父親は沖縄戦時に召集され、本島南部の摩文仁で戦死している。母親は正夫が中学生の頃、心臓病で他界している。彼は、父親の兄嫁であるツルおばあのもとにあずけられて、三歳からの十年間を過ごすことになるのだが、そのツルおばあの二人の息子も、戦時中に伊江島の飛行場建設に動員され、そこで戦死したとされる。正夫には基地で働いている頃に出会った妻・洋子がいたが、結婚後四年で病死してしまう。そして、そのたくさんの死者たちの中に、先に見た一夫兄ィが位置づけられている。

正夫は、必ずしも自ら選んで火葬場の仕事に就いたわけではない。しかし、そこでの日々のふるまいは、たくさんの死別を経験してきた彼の来歴と呼応することによって、自ずと象徴的な意味を帯びることになる。すなわち、彼は〝死者を見送る〟ことを生業《なりわい》とする者である。正夫は、ツルおばあに習ったという「別れ歌」を歌いながら、死者の亡骸を火窯の中に送り出している。

別れてぃどいちゅる（人にはみな死別がある）
ぬぬ情けかきゆんが（どうして泣いてなどおられようか）
歌に声かけてぃ（歌声をかけて送り出してやろう）
うりどう情け……（これこそが、情けなんだ……）（下二頁）

引き継がれてきた歌をもって死者を送り出すということは、伝統的な死生観の中に現代の葬儀を組み入れようとすることでもあり、より個人史的な文脈において見れば、正夫がその一族の記憶（ツルおばあに代表される）の中に自らの生と死をつなぎとめようとするふるまいでもある。ただし、火夫は決して葬儀の場を取り仕切る〝司祭〟の役を演じるわけではない。彼は、その儀式の遂行を支える脇役として、数多くの死を、死別の場面を目撃し続ける存在である。

九年余も火夫をしていると、様々な死と遭遇する。様々な生に直面して戸惑うことが多いと言い直してもいい。驚くことは、たくさんある。しかし、最も大きな驚きは、人の一生は、どれ一つとして同じではないということだ。それぞれにかけがえのない人生が、この場所で閉じ

られる。（下一一頁）

「どれ一つとして同じではない」それぞれの人生が幕を閉じる場所に立ち続ける男を中心に置いて、この作品は、正夫の過去の経験の想起と、現在の生活（特に、光子という幼馴染の女との関係）を交互に提示するようにして進んでいく。この構成が、それ自体において、今ある者たちの生を、過去の死者たちとのつながりの内に置いている。そして、葬送の行為が、両者の結び目を形作っているのである。

正夫の回想は、死の記憶に溢れている。そして、くり返されてきた死別経験の中に一夫兄ィの自殺という出来事が挿入される。したがって、この作品では、この自殺者との関係だけが問われているのではないのだが、逆に戦死者や病死者の中に彼が組み込まれることによって、「N島」における「集団自決」という出来事が、数多くの「死」の中にあって表徴的《エンブレマティック》な位置に立つことになる。親密な関係にあったとはいえ、一夫兄ィは正夫の身内でもなく、正夫の人生の選択に強く関与する存在でもない。その点では、正夫の回想の中で大きな位置を占める必然性がない。だが、そうであればこそ、このエピソードの挿入には特別な〝意味〟が込められていることがほのめかされるのである。

正夫は死者を弔う。それは、一人ひとりの個別の死者をそのつど送り出す営みであると同時に、過去の多数の死者の記憶をつなぎとめる行為でもある。正夫は死者を想起する。そして、その死の意味を問うことによって、現在の自分自身の生を駆り立てている。

死と生のリンク。それは、正夫の光子に対する関わり方の中に描かれる。幼馴染であった光子は、スナックを開いている。かつて光子は、少し大人びた雰囲気をもつ少女であったが、今は、お互いに何でも話し合える間柄になっている。正夫は光子に思いを寄せているが、彼女には一緒に暮らしている男があり、その男の暴力に苦しめられているらしい。その光子に、正夫は意を決して、自分は「お前の男と、決闘する」つもりだと告げる。その決心をうながした契機が二つ語られる。ひとつは、正夫が火葬場で酒を飲んでいた男たちから暴行を受け、怪我をして入院するという出来事。一命をとりとめて、意識を回復した正夫は、逆に自分の心臓の鼓動を感じ、生きている実感を取り戻す。もうひとつは、一夫兄ィの死の想起である。光子との会話の中で、話が一夫兄ィの自殺の真相に及ぶ。その中で正夫は思う。

一夫兄ィは、島で生きることに耐えられなくなって、正夫たちの村に渡り着いたのだ。しかし、戦争の記憶は、一夫兄ィを生き長らえさせなかった。二度目の死を決意させたのだ。戦後の十年間余を、一夫兄ィは、どんな思いで過ごしたのだろう……。

正夫の脳裏に、様々な出来事が思い浮かぶ。自分の人生はどうなのだろう。両親を喪い、妻を喪い、心臓を患ってここまで来た。今、ここで死んだら悔いは残らないだろうか。みんなで一緒に幸せになることは出来ないのだろうか……。（下五五頁）

そして、唐突に正夫は光子に、自分は「お前の男と、決闘する」、そして「新しい家族を作る」

のだと告げるのである。ここでは、死の想起が生への意志、あるいは生への欲望につながっている。結局のところ、正夫は光子の男と実際に「決闘する」にはいたらない（光子がそれを拒んだからである）。しかし、それでも、この申し出は光子を勇気づけ、彼女の内にもまた生きる力を呼び起こす。正夫は、これまで通り、火夫として死者を送り出す仕事を続ける。その姿を描くことで、この作品は閉じられている。

（4）生を想起する

「加世子の村」において語られる涼子の自殺という出来事は、「鎮魂　別れてぃどいちゅる」における一夫兄ィのそれと比べても、さらに側線的なエピソードの域を出ない。主人公・謙太、「ぼく」の語りの中心線をなしているのは、かつて一時期を過ごした「村」で出会った加世子という少女の記憶である。大学の入学試験を受けるための準備期間としてその村で暮らしていた「ぼく」の前に、少し発達に遅れがあるらしい少女が現れる。すでに豊満な肉体を備えながら、年齢に対してアンバランスな「幼さ」（下六八頁）を感じさせる加世子は、村内の雑貨店の娘であったが、その両親とされる夫婦があまりにも老いて見えるなど、出生にも謎のある存在であった。彼女は、「ぼく」が勉強している家の庭に入り込んできて、「兄ィ、兄ィ」と声をかけてくる。おしっこがしたくなると、庭のバンジロウの木陰にしゃがみこんで用を済ませてしまう。学校には通ったことがないらしく、字を読むことができない。しかし、奔放で生気にあふれる加世子に、「ぼく」は惹きつけられていく。

　他方、その村には、兵士として戦争に加わり、精神を病んでしまったとされる男・繁盛《ハンジョウ》もいる。

「ハンジョウさん」は突然、「貴様、沖縄戦は正しい戦争だったと思っているのか」(下八一頁)などと問いかけて、「ぼく」を驚かせる。そして、この「ハンジョウ」という男の世話をしている「妻」として、ひとりの上品な女が姿を見せる。彼女は、かつて看護師として働き、故郷のY村において住民たちの「集団自決」に加担する(青酸カリを注射する)という役を担わされた過去をもっている。

「ぼく」がのちに大学において出会った涼子という女の自殺は、歴史的なつながりにおいて、この村の記憶の延長線上に位置づけられる。かつて村には、集団自決を生き延びてしまった女と、戦争体験の衝撃で精神に混乱を来たした男が、じっと寄り添いあうように生きていた。他方、涼子は、占領体制下における米兵による性的暴力の犠牲者の娘として現れる。彼女の自殺は、沖縄戦以来の重層的で構造的な暴力の連鎖の果てに生じた出来事であった、と読める。逆に言えば、涼子の死の記憶があいだに挟まれることによって、かつての「村」の記憶が単なるノスタルジーには回収されない歴史性を帯びることにもなっている。彼女の死の記憶を引き受けることは、私的な物語上の課題であるだけでなく、暴力の反復の中で大量の死者を生み出してきた沖縄の過去を、どのように受け止め直すのかという問いにもつながっている。[6]

では、若き日を過ごした村の生活から大学時代までを想起するというふるまいに、いったい何が課せられているのだろうか。「ぼく」の語りは、その両親の法事(父親の二十回忌、母親の七回忌)の席を現在時としてなされている。この場面設定において既に、死者とのつながりをふり返る発話であることに留意しておこう。この時点で、「ぼく」はすでに成人になり、結婚して、妻もこの場に同席している。「ぼく」は、兄とともに、村での生活を回想する。加世子もすでに亡くなったらしいということ。父親が誰かも分からない息子がひとりいて、彼は農協に勤めて頑張っていることが伝えられる。そして、ハンジョウの妻が、集団自決にどのような形で関わった人であったのかが、人々のあいだであらためて確認されている。

呼び起こされているのは、〝死（者）の記憶〟である。しかし、その回想の中心に浮かび上がる加世子という存在は、その無垢なる精神性において、その奔放なふるまいにおいて、そして溢れ出す肉体的なエネルギーにおいて、〝生〟を集約する存在であるように思われる。

はじめて彼女が「ぼく」の前に現れた時の姿。

加世子は、満面に笑みを浮かべていた。ふっくらとした丸い顔だ。少し汚れの付いた白いシャツに、もんぺを履き、手拭いを肩に掛けて、背中に竹籠を背負っている。まるで野良仕事にでも出掛けるような格好である。実際そうであったのだが、じーっと見ると、白いシャツのボタンは取れていて、豊かな胸の膨らみがちらちらと見えた。（下六七頁）

「ぼく」は教員の息子で、大学受験のための浪人生活を過ごすためにこの村に暮らしている。この主人公との対比において、加世子は無学で、野良仕事に従事しており、知的な幼さにそぐわない成熟した肉体をもって登場する。

しかし、それにしても肉体は豊満だった。肌着もつけていないシャツ一枚の胸元からは、相変わらず乳房が飛び出しそうだった。それを隠そうともせずに、無防備な明るい笑みを見せている。(下六八―六九頁)

そして、「ぼく」の目を気にすることもなく、庭先にしゃがみこんで放尿に及ぶ加世子の無邪気さ。


「どうしたの?」

「おしっこ……」

「その辺にやったらいいよ」

「うん……」

加世子は、うなずくと、すたすた歩き出して、庭のバンジロウの木の陰《かげ》にしゃがみ込んだ。ぼくは、あっけにとられた。本当に、おしっこをするとは思わなかった。慌てて目を逸らした。それから、そーっと加世子の後ろ姿と、バンジロウの木とを交互に見た。

バンジロウの木は、五メートルほどの高さになる果樹木で、初夏に白い花を付け、黄緑色の実を付ける。果肉は、淡黄色や薄紅色に染まり、大きなものになると大人のこぶし大になる。季節になると、甘酸っぱい匂いが辺り一面を包み込む。

加世子は、白い花の蕾が、ちらほらと見え隠れしているバンジロウの木の下で、泡立つ音を立て続けた。やがて振り返りながら、ずり下がったもんぺを引き上げ、笑顔を絶やさずにぼくの目の前にやって来た。そして、再び立ったまま笑顔を見せた。（下七二―七三頁）

ここでは、バンジロウの果実と加世子の肉体（はだかの下半身）が折り重ねられ、その色彩と匂いと音の重層によって、性的な成熟のイメージと、身体的な生の歓びの感覚（放尿、笑顔）が呼び起こされている。

戦争による死者の記憶が色濃く残るこの村にあって、加世子は横溢する生のエネルギーを体現するかのようである。世俗的な知から解放された「無垢」な存在としての位置を割り振られた加世子は、言わば「無条件に生を肯定する」者として現れる。「ぼく」はこの少女に教わりながら、村の道を歩き回り、そしてそこに沢山の歓びの源泉を見いだす。

村の小さな間道は、無造作に積んだ石垣の垣根から、いつでも花々が咲きこぼれていた。夜には、夜香花《やこうか》のかぐわしい匂いが、道を覆っていた。月下美人の白い大きな花が、人の顔のように、にょっきりと道端に突き出て咲いていることもあった。いつでも、楽しい発見があり、思わず立ち止まる場所は、無数にあった。（下八〇頁）

そして今、父と母の法事の席において、「ぼく」はあらためて、加世子の姿を想い出している。それは、夕日の中で彼女が後ろからリヤカーを押している場面である。

加世子は、ぼくの姿を見つけると、立ち止まって振り返り、一瞬、はにかんだ笑顔を見せながら手を振った。リヤカーに置いてきぼりにされそうになると、走り出しては追いつき、また立ち止まって手を振った。それを何度か繰り返した。ぼくも、立ち止まったまま手を振った。互いの姿が見えなくなるまで、ぼくたちは、何度も何度も手を振った。（下一一七頁）

幸福な記憶。しかしそれは、互いに手を振って別れを告げる場面として、（死者に対する）永別の思いを重ね合わせることのできるものでもある。その姿を想い起こしながら、「ぼく」は、「加世子も、きっと幸せな人生を送ったに違いない」と思う。「加世子の村は幸せの村」であり、「バンジロウの木は幸せの木」なのである。

その「幸せ」は、〝無条件〟のものである。「運命に翻弄されても、死ぬと分かっていても、人間は必死に生きていく」。その、誰にでもある「かけがえのない人生」を慈しむ。「ぼく」が加世子の想起を通じてたどり着くのは、「か弱い人間の存在」を「いとおし」く感じるような境地であった（下一一八頁）。

かくして、数多くの死者（その中に、涼子もまた含まれる）の姿を想起する物語は、生の全面的な肯定の感覚とともに閉ざされる。〝生を想起する〟こと。ここでは、それが死者の記憶を引き継ぐことにほかならない。

タナトスとエロス

これまでに見てきたように、諸作品の中では、人々が様々な理由で、次々と、時にはあっけなく死んでいなくなってしまう。その点で、一連の物語はどこか酷薄な印象を与える。しかし、それは、大城貞俊が作品制作上の技法として死者をそのように配置しているということではなく、彼が物語の舞台にとった生活世界の現実を反映していると見る方が、おそらく実情に近い。この土地においては、かくも死に隣接した形で人々の生活が営まれている。死の世界と生の世界を分かつ壁は脆いものでしかなく、ともすれば人はすっと向こう側の世界に呼び込まれてしまう。一連の物語が示しているのは、そのような現実感なのだと言えるだろう。

しかし、こうした〝死の遍在〟が〝生の躍動〟を削ぐことがない。これが、他面におけるもうひとつの印象である。前節で「加世子の村」について見たように、人々を死の世界に呼びよせようとする力と拮抗するように、〝生きてある〟ことを享受するような感覚が随所に溢れ出しているのである。

〝生〟を駆動させるその力動は、しばしば〝性〟の形象によって物語化されている。上にあげた四作品だけでなく、作品集全体に視線を広げて見るとさらに、性的な感受性、肉体的な欲望や歓びを率直に肯定するような、エロティックな場面や関係がふんだんに織り込まれていることに気づく。

例えば、「彼岸からの声」において、主人公・敬治に語りかけている死者・奥間キヨは、那覇（辻）の遊郭で働いていた遊女であり、彼女のもとには〝死を覚悟した兵士たち〟がやってくる。その男たちを迎え入れるキヨの姿勢は、母性的な性愛の感情に溢れている。

私は、辻にいたから、男を慰めることしか出来なかったけれどね。兵隊さんが、私の身体の上を、いっぱい泣きながら通っていったよ。髭《ひげ》いっぱいの兵隊さんもね。つるつる頭の兵隊さんもね。みんな泣きながら私の中に入ってくるわけさ。みんな可愛かったよ。そして、可哀想だった……。（上一三八頁）

政治的に主題化すれば、もっと別様に描くこともできる場面である。しかしここでは、キヨの一人称の語りを通じて、このある意味では〝悲惨な〟肉体的交わりが、〝哀切な〟情をともなうものとしてふり返られ、受け止められていく。

あるいは、「ペットの葬儀屋」では、この店で働く二十二歳の若者・隆太が、年上の女性・京子と半同棲の生活をしている。しかし、彼らは自分たちの関係を「恋人」とも「愛人」とも呼ばず、もっと単純に性的な交わりを楽しんでいる。

京子さんは二十九歳、隆太は二十二歳。京子さんは七歳も年上のお姉さんだ。いつでも優しく、いつでも激しく隆太の愛撫に応えてくれる。健康な女体を手に入れた隆太には、何の不満もない。恋人だろうと愛人だろうと、そんなの関係ない。（上二〇三頁）

ここには、社会的な規範に縛られることなく、もっと素直な肉体的な歓びを、「健康な」ものとして享受しようとする生き方が見える。

そして、「ハンバーガーボブ」では、米軍基地から脱走してきた若者・ボブを、二人の女性（ミキとサユリ）が拾ってかくまっており、彼を「ペット」として飼っている。そして、彼女たちはボブを、肉体的にもシェアしている。

ベッドインも三人一緒だ。ハンバーガーのようにボブを間に挟んで、ミキとサユリが両側に寝る。傍らで、モゾモゾと始まったら背中を向ける。三人一緒にプレイすることもあるけれど、ミキは、背中を向けることが多い。背中を向けたら、本当にそのまま寝入ってしまうこともある。（下一三五頁）

奔放で大胆な二人の女性にかくまわれて、気弱で不器用なボブは少しずつ頼もしい存在になってゆく。それぞれに〝心の傷〟を抱えた女たちは、逆にこの少年の存在に救われるようになるのである。

さらに、「でいご村から」においては、嫁ぎ先の夫の暴力に耐えかねて逃げだしてきた姪・沙代と、二人の息子（喜一と喜淳）を戦争によって、妻（鶴子）を病いによって喪った男・喜助との関係が描かれる。沙代はかつて喜一と結婚の約束を交わした間柄であり、その喜一との想い出がつまった「でいごの木」のもとに暮らし、そこに死んで眠ることを願っている。他方、喜助は沙代にどこか亡き妻・鶴子の面影を投影しているようである。この二人のあいだに〝性的な関係〟が結ばれていたとは書かれていない。しかし、村人たちはそれを怪しみ、子どもたちは卑猥な囃し歌で二人をからかっている。

喜助の姿にゃ気をつけろ。魚を見たら、網を振る。
喜助の姿にゃ気をつけろ。子供を見たら、鎌を振る。
喜助の姿にゃ気をつけろ。おなごを見たら、腰を振る。　（下二〇九頁）

ここで、実際に二人のあいだに肉体的な交わりがあったのかどうかが重要なわけではない。しかし、沙代を取り戻しに来た夫・梅吉に刺されて喜助が怪我を負うと、沙代がこれを看病し、これを期に二人の仲はますます「接近」（下二三六頁）していくことになる。そして、みんなにこれ以上迷惑をかけたくないと言って自殺しようとする沙代を制止した喜助の胸に、彼女は飛び込んできて体を投げ出す。

喜助は、思わず後ろに倒れそうになった。腕の中で沙代の嗚咽が一段と大きくなった。沙代の思いが、沙代の身体から直《じか》に伝わってくる。同時に、腕の中から沙代の髪の匂いがのぼってきた。沙代の柔らかい乳房が身体に触れる。梅吉から逃れてきた沙代を背負って、座敷に駆け上がったあの日以来だ……。

喜助はためらった後、頰に触れる沙代の髪をゆっくりと撫でた。沙代の寂しさが伝わってくる。熱い涙と共に温かい肌のぬくもりが伝わってくる。

喜助は、自分の身体を酔いが激しく音立てて駆け巡っているように感じた。二人の女を愛することになるのではないか。死んだ鶴子と、そして沙代と……。そんな予感に、思わずたじろいだ。（下二四八―二四九頁）

ここでは、死への誘惑に駆り立てられた姪を引きとめ、その寂しさを思いやる喜助に、明らかに肉体的な誘惑の感覚が生じている。「二人の女を愛することになるのではないか」。それは予感という形でしか語られない。しかし、交わりを禁じられた関係（叔父と姪、許嫁の父親と息子の許嫁）であることを背景として、ここに性愛的な高揚感があることは否定できない。

その後、息子たちの慰霊のやり方をめぐって喜助と村人たちの対立が深まり、彼らの暮らしは、周囲から孤立した、閉じた二者の関係になっていく。そして、沙代が病いに倒れ、亡くなってしまうと、喜助は（当時の慣習に反して）その遺体を荼毘に付し、骨壺を自分の家の中に隠し込んでしまう（「この骨と一緒に生きていける。これで生きていける……」（下二七一頁）と喜助はつぶやく）。そして、その十年後、「自宅で座ったままで骨壺を抱いて死んでいる」喜助の姿が発見されて、物語は閉ざされるのである。ほのめかされた性的な関係の可能性。二人だけのひそかな暮らしと、象徴化された「疑似心中」的な最期の迎え方（死によって、二人の交わりは成就している）。

「でいご村から」は、戦争の死者を悼む物語であると同時に、その死を媒介として、ひとつのエロティックな関係が生起する物語でもある。

このように、作品集全体に目を広げて見ると、人々を〝死〟の世界の側に呼び込んでいこうとする力（タナトス）と拮抗し、ある意味ではこれを補完するかのように、人々を性的な歓びへと誘う力（エロス）が充塡され、これが物語世界全体に力動的関係を生み出していることが分かる。〝死〟が遍在する世界――いたるところに死者の記憶があり、しばしば人々はあっけなく命を落としてしまう――の中にあって、人々は〝生〟の歓びを享受する術を失わない。〝性的なもの〟は、この生を駆動している力を集約的に形象化している。

そして、言うまでもなく、〝生〟と〝死〟は単純な対立関係に立つのではなく、相互浸透的で連続的な感覚をともないながら並列する。死の記憶は時に人々に生きる力を授け、死者とのつながりの中で新しい意志や欲望が生み出されていく。「鎮魂　別れてぃどいちゅる」においては、一夫兄ィの死の想起が、正夫を光子への関わりへと駆り立てる。「加世子の村」においては、涼子をはじめとする死者たちの記憶が、加世子という〝生の形象〟へと集約されていく。そして「でいご村から」では、嘉助が沙代の骨を抱いて死んでいくという最後の場面において、〝死の共同化〟と〝エロスの成就〟とが重ね合わされて描かれる。

一連の物語においては、〝死〟が〝生〟を触発するものとして作動している。人々は、〝死の記憶〟に取り巻かれているにもかかわらず生きていくのではなく、死者の存在が身近に想起されればこそ生に貪欲になる。そのような連接関係がここには生まれている。それは、一連の物語が、〝強いられた死〟の物語を反転させようとする欲望から産出されている、ということを指しているのではないだろうか。

死者の土地における生

ある機会に、この作品集について筆者（鈴木）が、「ここには本当にたくさんの死者が出てきますね」という感想を伝えたところ、大城貞俊氏は「ああ、そうか、自分では気がつかなかったよ」と笑って答えられていた。彼は、作為的に〝死の遍在する世界〟を描こうとしたのではない。沖縄の地に生きている人々の世界を語ろうとした時、自ずからそこに沢山の死者が登場し、死の記憶とともにある生活が見えてきてしまったのである。

その背景には、もはやくり返すまでもないが、軍民一体の自決戦（本土決戦を遅らせるための〝捨て石〟として、最後の一人まで命を投げて抗戦すべしという論理に、軍員だけでなく住民もまた巻き込まれていった戦争）を強いられた過去があり、その〝玉砕〟の思想の集約として住民が集団自決を強いられていった経験がある。作品中で清治郎が語るように、家族を守るために国を守るという論理によって、人々が自らの手で家族を殺すという行為に導かれてしまった。その痛恨の記憶が、この島に生きる人々のあいだには横たわっている。そして、死を呼び起こす暴力の支配は、〝戦後〟においてもまた、米軍の統治と復帰後の基地の残存という形で継続する。「加世子の村」における涼子のエピソードは、この占領軍支配の体制が、性的暴力を介して人々に死を強いていくという構造を物語っている。

しかし、大城貞俊の作品は、この正義を欠いた歴史・社会的構造を政治的な姿勢で告発するというよりも、むしろ、この苛酷な条件のもとで〝生〟を享受する人々の姿を物語として――ナラティヴの形式において――描き出そうとする。先に論じたように（第2章）、「ナラティヴ」は生を駆動する力を形象化する形式である。大城が描き出す人間たちは、声高に正義を叫ぶ主体ではない。彼ら／彼女らは、（清治郎や清志がそうであったように）時にきわめて倫理的であるが、社会的な公正を要求する市民であるという以上に、私的な文脈において理を尽くす存在としてそうである。したがって彼ら／彼女らは、時には社会的なモラルに反する行動を取る（例えば、脱走したアメリカ兵を「飼って」みたりする）。しかし、それぞれの行動は、それぞれの文脈の中で、それぞれの記憶（死者とのつながり）を引き受けながら〝生きる術〟を示している。一連の作品が私たちを触発するのは、この〝生の力〟によってである。死者の土地における生。その様々な相貌が、物語の形を取って私たちの前にさし出されている。

ただしその語りは必ずしも、『椎の川』においてそうであったような狭義の〈物語〉――共同体の語り――に収斂するわけではない。それぞれの作品は、その文脈性において、沖縄戦の（さらには集団事件の）記憶と戦後の占領体制の現実を共有している。その意味において、それらは皆「沖縄」を生きる〝人々の物語〟である。しかし、その現実に対する〝個々の応答〟の形は多様であり、時には相互に齟齬を来たしている。性的なもの（これに駆動される生の物語）は、しばしば反社会的、ないし反共同体的なふるまいにつながる。ここには、〝共同体〟と〝個〟との軋轢という〈小説的〉な主題が浮上してくる。その点では、「でいご村から」における喜助の行動が典型的であると言えるかもしれない。この小説は、彼が「脱清人《だっしんにん》」[7]の末裔であるという背景設定においてすでに沖縄社会の多層性を示唆しているのであるが、物語の核心をなすエピソードにおいて、彼と村人たちのとの亀裂が深まり、喜助と沙代は次第に孤立を深めていくことになる。その軋轢は、嫁ぎ先から逃げもどってきた娘を匿ってしまうことへの村人たちの反発に始まるが、戦争で死んだ息子たちの慰霊の方法をめぐる意見の対立によって決定的になる。慰霊碑に名前を刻むことによって、〝共同体〟としてこれを祀ろうとする人々に対して、喜助は、私的な文脈の中での追悼を求めているように見える（それはもちろん、〝国家的〟な慰霊の形式に対する抵抗でもある）。死んでしまった沙代の遺体を、伝統的慣習を侵してまで火葬に付し、その骨を自分ひとりで抱え込んでしまうという行動にも、〝村〟の秩序に抗って、個としての姿勢を保ち続けようとする意志が感じられる。[8]姪の骨壺を抱いたまま、喜助が誰にも気づかれずに死んでいくという最後の場面は、〝反共同体的〟な〝個〟の生きざまを集約しているように見える（しかもそれは、沙代の意志にさえ反するものである。沙代は、自分の骨を「でいごの木」の根元に埋めて欲しい〔＝喜一のもとへ行きたい〕と願っていた。少なくともそれが、沙代の母親の解釈である）。

いかに死者たちとともに生きるのか。その問いを共有しながらも、物語は時に〝個〟の意志の卓越を語る。沖縄の死者を語る物語。しかしそれは、人々が共同化する集合的記憶に回収されるわけではなく、各々の人の、時に秘められた語りとして露出する。ここに集められているのは、その多層的な声を伝える〈小説〉なのだと言えるだろう。

【注】

1．これは、トラウマの世代間継承のひとつの形としてとらえることもできる。先行する世代の死が「謎」としてとどまり続けるがゆえに、後続する世代の者たちもまた「死」に隣接した場所に生きなければならない。死者とともにあるということは、そのような切迫した関係のもとで、生活を営むということを意味している。

2．「沖縄戦」とは、住民（国民）に「自決」を強制しながら「国体」の護持をはかるために遂行された戦争であった。その事実を明確に認めて、自らに関わるものとして問い直すことができなければ、私（たち）もまた日本という国に帰属することへの「恐怖」を払拭することができないように思われる。

3．「本土決戦」を先延ばしにするための「捨て石」として沖縄を最後の防波堤に見立て玉砕戦を挑んだ日本軍に、「住民」が道連れにされ「共に死ぬこと」を強いられてしまったという事実をいかに受け止めるのか。これは沖縄の人々にとって、政治的で思想的な問いでもあった。その思想的葛藤の流れをたどることは本稿の射程を大きく踏み越える課題になる。ここでは、大城貞俊の琉球大学における師でもある岡本恵徳の言葉をふり返るにとどめよう。岡本は、「水平軸の発想―沖縄の『共同体意識』―」（一九七〇年）において、「沖縄」が「なんらかのかたちであれみずから立っていく思想的基盤」を作り出そうとするならば、「その原点となるのは沖縄戦での〝戦争体験〟ではないだろうか」（岡本恵徳、一九七〇→一九八一年、二二七頁）と述べた上で、「渡嘉敷島の集団自決事件には、きわめて根源的なところで沖縄の人たちの意識のある面が、最も鋭くあらわれている」（同二三六頁）と言う。そして、中里友豪や石田郁夫の論を引き受けながら、「集団自決事件を支えていたもの」は「『共同体』の意識（あるいは、生理）」（同二三八―二三九頁）であったと論じる。軍による具体的な命令があったにせよなかったにせよ「『共同体』的なものが大きく作用しなかったならば、あのようなかたちでの集団による自決というようなことは、起こらなかったにちがいない」(同二三九頁)。したがって、その「共同体」的なものを対象化することが、思想的な課題となる。「『沖縄の思想』というものがもしなりたつとするならば(…)、いまだ論理化されない、情念の領域に多く潜んでいるかにみえる『共同体的生理』をとらえなおすことから出発しなければならないだろう」(同二四六頁)。しかし、「共同体の生理」は必ずしも常に「自決」的な行動をうながすものとして作用するわけではない。それは「本来」、「共に生きる方向に働く」ものであり、にもかかわらずそれが「外的な条件によって歪められたとき」「逆に、現実における死を共にえらぶことによって、幻想的に〝共生〟を得ようとしたのがこの事件であった」(同二四二頁)と岡本は読む。「共同体」的なものを単純に否定し、利己主義的な個人主義を対置するだけでは、〝共同体的生理〟批判は有効性をもちえないと彼は考えるのである。ここから岡本は、この「共同体的生理」を「共に死ぬ」ことへとふり向けて行った支配のメカニズムを問い直すところへと向かい、同時に、「共同体意識」が、水平的な横との関わり、すなわち共同体の内部での「位置」と「距離」、あるいは他の共同体との関わりにおいて、「意志」の方向性を変えていく様をとらえていくような視座(水平軸の発想)を提起していくのである(同二五〇頁)。

この岡本の議論が本稿において重要であるのは、大城貞俊の物語世界の背景に、「共同体」と「生命」の結びつきを関係論的にとらえ返そうとする、同様の問題意識が生きていると思えるからである。もちろん、大城の場合、その主題を直接思想的に問い直しているわけではなく、思考は「物語の形」をとって継続されている。そのような思想的課題の継承として、一連の小説を読むことができるはずである。

4.「集団自決」においては、軍によって配布された手榴弾が用いられることが多かったが、「手榴弾では死にきれなかった人々は、鎌やカミソリ、石、木の棒などで力のある男が家族、つまり女性や子ども、老人を殺していった」（林博史、二〇〇九年、四〇頁）。そのために、「家族を殺す役目を引き受けざるをえなかった大人の男が、死にきれず生き残るケースが少なくなかった」。「そうした人たちの戦後」が「筆舌に尽くしがたい」（同二一七頁）ものであったことは、言うまでもない。

5．死者を弔うという行為を通じて、死の記憶に向き合うという構図は、「彼岸からの声」における敬治にも見ることができる。彼は、死者のマブイの呼びかけに応えて、いずこも知れない壕の中に遺されている「骨」を探し歩くのである。また、「ペットの葬儀屋」では、対象が動物に置き換えられ、それによって物語上の意味の婉曲化が施されているが、やはり、葬儀という営みによって生きていく人の姿が描かれている。

6．さらに言えば、第1章において見たような、政治闘争の季節に自らの命を絶っていった友人たちの記憶を、戦時から戦後の沖縄の歴史の中に挿入しようとする試みとして、この作品を読むこともできる。

7．「脱清人」とは「明治の初めごろ、琉球王府が日本国に統合されるのを嫌って、清国に脱出して琉球王府の維持や存続を訴えた人々」（下二一七頁）を指す。

8．この点において、演劇集団創造によって舞台化された「でいご村から」（二〇一五年、幸喜良秀演出）とは決定的に異なるように思われる。舞台版では、喜助と沙代の二者の関係はクローズアップされず、許嫁であった喜一に来世において沙代を嫁がせる「ぐそうにーびち」の儀礼を、村人たちが執り行う形で作品が閉じられる。

【テクスト】

大城貞俊　二〇一三年　『島影　慶良間や見いゆしが』人文書館

大城貞俊　二〇一四年『樹響　でいご村から』人文書館

【参考文献】

阿部小涼　二〇〇八年「『集団自決』をめぐる証言の領域と行為遂行」、新城郁夫 編『錯乱する島　ジェンダー的視点』社会評論社
林博史　二〇〇九年『沖縄戦　強制された「集団自決」』吉川弘文館
宮城晴美　二〇〇〇年『母の遺したもの　沖縄・座間味島「集団自決」の新しい証言』高文研
仲里効　二〇〇五年「死に至る共同体」、『未來』二〇〇五年一二月号（『オキナワ、イメージの縁（エッジ）』未來社、二〇〇七年所収）
西谷修・仲里効 編　二〇〇八年『沖縄／暴力論』未來社
岡本恵徳　一九七〇年「水平軸の発想」『叢書わが沖縄　第六巻、沖縄の思想』木耳社、（『現代沖縄の文学と思想』沖縄タイムス社、一九八一年所収）
岡本恵徳　一九七五年「『ある神話の背景』をめぐって」『沖縄タイムス』一九七五年六月八日〜一〇日、（『沖縄文学の地平』三一書房、一九八一年所収）
曽野綾子　一九七三年『ある神話の背景─沖縄・渡嘉敷島の集団自決』文藝春秋
謝花直美　二〇〇八年『証言　沖縄「集団自決」　慶良間諸島で何が起きたか』岩波新書
Attig, Thomas 1996 *How We Grieve: Relearning the World*, Oxford University Press.（林大訳『死別の悲しみに向き合う』大月書店、一九九八年）

おわりに

小説とは、共同体に対する個の関係を問う物語ジャンルである。それは、文学史の常識に属する認識であるかもしれない。しかし、一連の作品を読み進めてきて、今あらためて思いが向かうのは、このベーシックな事実である。

大城貞俊の文学は、生きていくことそれ自体にたじろぐような自意識の詩的表出に始まり、そこからゆっくりと時間をかけて、沖縄の地に生きてきた人々の人生を一つひとつ慈しむように語る物語の世界へと移行してきた。そこに実現されてきたのは、生を肯う文学である。しかし、生の肯定は、死の否定の上に成り立つわけではない。むしろ逆に、死を肯うことを通じて生を慈しむ、というつながりの中にある。だが、どうすれば、死すべきものとしての生を価値あるものとして受け止め、それを表出することができるのだろうか。

『椎の川』に始まる大城の物語文学への歩みは、ある意味において、死を受け入れながら生を全うしていくことのできる世界、先に用いた言葉をくり返せば「死を生きる文化」の再発見に向かうものであった。そしてそれは、孤立した意識の世界から、死をも包摂して連綿と生を育んできた村落的世界へと足を踏み入れる過程であったし、その中心には、何よりも家族という強いつながりが位置づけられていた。その限りにおいて、〈物語〉への展開は、共同体的なものへの回帰の行程であったと言ってよいだろう。しかしながら、例えば『椎の川』がそうであったように、そこに語られる物語は同時に、その共同体が圧倒的な暴力によって破壊され、人々を繋ぐ絆が断ち切られていく現実を語るものでもあった。物語を通じて私たちは、回帰すべき世界が深く傷つけられていることを見いだす。その共同体が伝統として引き継いできた、死者を見送り、死者とともに生きていく文化は、時に戦争の暴力の前に無力さを露呈する。さらには、「集団自決」の場面が物語るように、「家族」とともに生き、かつ死んでいこうとする「文化」そのものが、沖縄戦下の政治的・軍事的支配のもとでは、家族が互いに殺し合う場面を呼び起こすことにもなってしまった。拠り所でありえたはずの「共同体」は、穏やかに身を預けることのできるような確かな基盤を保ちえていない。それをひどく深いところで毀損させていく過程として、沖縄の近代が、そして何より沖縄戦とそれ以後の歴史はあった、ということであろう。

死を肯いながら生きていくことのできる関係の場を希求しつつ、その世界が深く傷ついていることを見いだしていく物語。そして、傷つきながら死んでいった人々の記憶とともに、なおも生き抜いていこうとする人の物語。大城貞俊の小説は、そのようなものとしてある。その毀損した世界の中で、いかに「死者」との関係を結び直し、それを通じて自らの生を受け止め直すのかは、「個」のレヴェルにおいて問われている。だから、生と死の結びつきを価値あるものとして受け止めようとする人々の企ては、必ずしも安定した土台をもちえていない。確かに、物語のテクストは過去の出来事を肯定的にとらえ直し、それぞれの人生の価値を確認しようとする身ぶりを見せている。しかし、その背後にある軋みを聞き逃してはならない、と私には思える。

それは、例えば小説の結末のつけ方に現れる。大城貞俊の作品はしばしば、悲劇的な物語を語りながら、最後にはこれを肯定的に受け止め直す場面を準備しており、悲惨な現実をそのままに投げ出すことなく閉ざされている（例えば、「イナグのイクサ」、あるいは「加世子の村」）。そこに私は、すべての人生を生きられたままの姿で受け止めようとする、大城貞俊という人の「祈り」のような思いを感じる。だが同時に、その「優しさ」が過重な負荷となって、物語が悲鳴をあげそうになっているように見えることもある。物語の展開は、思いの外多義的な解釈に開かれ、そこに穏やかで幸福な結末を見る読者と、アイロニカルで批判的な視点を見いだす読者が同時にありうるような場面をさし出す。ここで、「でいご村から」の結末をもう一度ふり返ってみよう。この作品では、喜助が沙代の遺骨を抱いたまま死んでいるのが発見されて物語が閉ざされるのであるが、それはいったい何を意味しているのだろうか。この問いに対しては、いくつもの答えがありそうである。先に私はそれを、エロティックな関係の成就であり、同時に、「共同体」に抗する「個」の意志の貫徹を示すものであるという読み方を示した。しかし、その喜助のふるまいは、ある意味で沙代の願い（喜一とともにでいごの樹の下に眠りたかった）に反するものであり、その点では生者（喜助）のエゴの現れであるようにも見える。また、喜助の意志がどこにあったにせよ、結局二人の遺骨は「村の共同墓に納骨」されたとも書かれている。それは、喜助の願いが村の人々には届かないまま、その物語が忘れ去られていくことを意味しているのかもしれない。

「でいご村から」は、二人の息子を戦争で、妻と姪を病いによって喪った男が、その死後の祀りを引き受けることで、自らの生を全うしようとした物語であると読めるが、その企ては、果たしてどこまで、あるいはどのような意味で成就したと言えるのか。その問いが、開かれた形で残されているところに、この作品の〈小説性〉がある。

死を肯い、それによって生を肯おうとする試みは、その確かな基盤を与えられない世界においてくり広げられていく。死者たちとの関係は、常に「問題を孕んだ」ものとして立ち現れている。これは、傷ついた共同体を生きる「個」の物語である。そこに響いているいくつもの声を受け取るところから、「私」はこの土地に生きる人々の生に想いを馳せていくしかない。

大城貞俊・年譜（作品リスト）

一九四九年四月　沖縄県大宜味村に生まれる
一九七三年三月　琉球大学法文学部・国語国文学科卒業
一九七五年　個人誌『道化と共犯』
一九八〇年　詩集『秩序への不安』（私家版）
一九八四年　詩集『百足の夢』（オリジナル企画）
一九八九年　詩集『夢・夢夢街道』（編集工房・貘）
一九八九年　評論『沖縄・戦後詩人論』（編集工房・貘）
一九八九年　評論『沖縄・戦後詩史』（編集工房・貘）
一九九一年　詩集『大城貞俊詩集』（脈発行所）
一九九二年　小説『椎の川』（具志川市文学賞受賞）
（一九九三年　朝日新聞社刊、一九九六年　朝日文芸文庫）
一九九四年　詩集『グッドバイ・詩』（杖芸出版）
一九九四年　評論『憂鬱なる系譜「沖縄・戦後詩史」増補』（ZO企画）
一九九七年　戯曲「山のサバニ～ヤンバル・パルチザン伝」（第一回・沖縄市戯曲大賞受賞）
一九九八年　小説『山のサバニ』（那覇出版社）

二〇〇一年　小説「サーンド・クラッシュ」（九州芸術祭文学賞佳作）
（『文学界』二〇〇一年四月号、文藝春秋）
二〇〇四年　詩集『或いは取るに足りない小さな物語』（なんよう文庫）
（二〇〇五年、第二八回山之口貘賞受賞）
二〇〇五年　小説『アトムたちの空』（講談社）
（第二回文の京文芸賞受賞）
二〇〇五年　小説『記憶から記憶へ』（文芸社）
二〇〇六年　小説『運転代行人』（新風舎）
二〇〇八年　小説『G米軍野戦病院跡辺り』（人文書館）
二〇一一年　小説『ウマーク日記』（琉球新報）
二〇一三年　小説『島影　慶良間や見いゆしが（大城貞俊作品集・上）』（人文書館）
二〇一四年　小説『樹響　でいご村から（大城貞俊作品集・下）』（人文書館）
二〇一五年　評論『「沖縄文学」への招待』（琉球大学ブックレット）

あとがき

言葉とは、もともと死者と生者とのあいだに取り交わされるためのものではなかったか、と思う。生きている者同士のいとなみであれば、仮に言葉がなくても、どうにかほかの手段を使ってつながりを保つことができる。しかし、死者はどうしようもなく遠く隔たっているので、見ることも触れることもできない。だから、言葉をもって呼びかけるか、向こうからの言葉の訪れを待ち受けるしかない。しかし、そのようにして言葉によって結びつくとき、死者は遠く離れていながら、親密な存在として生者の側にあるだろう。そのつながりを呼び起こすためにこそ、言葉は人のもとに届けられたのではないだろうか。

大城貞俊さんは、言葉を介して死者とともにある術を見いだし、それによって小説家としての声を獲得するにいたった。本書において確認されてきたのは、そのことであったように思う。そして、おそらくはそれゆえに、彼が紡ぎ出す物語は、どんなに悲劇的な状況を描いていても、その基底において幸福な感覚を失わないのである。生きている者と死んでしまった者との親密な交わりの中から、物語は語り出されている。

「はじめに」でも触れたように、そうした死者との関係のありようは私自身のものではない。私もこれまでの人生の中で何度か、親しい人との死別を体験してきた。それは、それぞれに悲しい出来事であったが、ひとたび過ぎ去ってしまえば、死者はよそよそしく遠ざかってしまい、もはや私に声をかけてはくれない。少なくとも、私はその声を聞く力をもたないし、彼らに呼びかける言葉を見いだせない。こうして死んでしまった人々とのつながりを欠いていることが、私自身の生の「貧しさ」の理由の一端ではないかと思うこともある。

そうだとすれば、これから私が手に入れなければならないのは、死者とのあいだに取り交わされる言葉ではないだろうか。もちろん、貞俊さんのように、とはいかないだろう。しかし、私は私なりに、言葉の本来の形を取り戻さなければならないと思う。とはいえ、その模索はこれからの課題である。ひとまず今は、大城貞俊という表現者に出会えたこと、その作品を読み通して、これに応える言葉を探すという幸福な仕事の機会を得たことを、素直に喜びたい。

本書に収めた論考の内、第五章は、沖縄文学研究会の仲間たちと刊行した報告書（『戦後沖縄文学と沖縄表象』、二〇一一年）掲載の同題論文に加筆・修正を加えたものである。また、第六章では、『大城貞俊作品集（下） 樹響 でいご村から』（人文書館、二〇一四年）に書かせていただいた「解説」の一部を転用したことをお断りしておく。

草稿の段階で様々な意見を寄せてくれた研究会のメンバー、書籍化にあたってお世話になった風日舎の吉村千穎さん、村井清美さん、出版を引き受けてくださったためるくまーるの梶原正弘さんに、あらためて感謝の思いを伝えたい。ありがとうございました。

二〇一六年六月

鈴木智之

著者
鈴木智之（すずき・ともゆき）
一九六二年、東京生まれ。法政大学社会学部教授。著書に『村上春樹と物語の条件』（青弓社）、『「心の闇」と動機の語彙：犯罪報道の一九九〇年代』（青弓社ライブラリー）、『眼の奥に突き立てられた言葉の銛』（晶文社）、共著に『戦後・小説・沖縄』（鼎書房）、『失われざる十年の記憶』（青弓社）、『ケアとサポートの社会学』（法政大学出版局）など。

死者《ししゃ》の土地《とち》における文学《ぶんがく》　——大城貞俊と沖縄の記憶

二〇一六年八月一日　初版第一刷発行

著者　鈴木智之
発行所　株式会社めるくまーる
東京都千代田区神田神保町一―一一
電話（〇三）三五一八―二〇〇三
URL http://www.merkmal.biz/

編集　風日舎
印刷・製本　モリモト印刷株式会社

ISBN978-4-8397-0169-7　C0095